モブなのに巻き込まれています
～王子の胃袋を掴んだらしい～1

ミズメ
Mizume

RB
レジーナ文庫

Main Character
登場人物紹介
レオ
『星屑亭』の宿泊客の少年。
整った顔立ちで、
美しい青紫の瞳を持つ。
ミラの作るうどんが
お気に入りらしい。
ミラ
乙女ゲームのモブキャラである、
宿屋『星《ほし》屑《くず》亭《てい》』の娘。
ある夜、日本人だった
前世を思い出した。
料理をすることと、
ご飯を食べるみんなの笑顔を
見ることが大好き。
スピカ
この乙女ゲーム世界の
ヒロインであり、
ミラの友人で、転生者。
ほっそりした美少女だけど、
たくさん食べる。

アークツルス
養子として迎えられた、
クルト伯爵子息。
ゲームの攻略対象者の一人。
アナベル
バートリッジ公爵家の令嬢。
明るい性格で、少々お転婆。
イザル
『星屑亭』の従業員で、
いつも飄々としている。
体力があり、
火の扱いがうまい。
セイ
常にレオと一緒にいる、
穏やかな青年。
レオが何かを食べる前に、
味見する係らしい。

目次

モブなのに巻き込まれています
～王子の胃袋を掴んだらしい～ 1

プロローグ

ここは、シュテンメル王国のどこかに位置する、小さな田舎町《いなかまち》。

「ミラ、これを五番テーブルに頼む。そのあと、休憩していいぞ」

私にそう声をかけてきたのは、この町唯一の宿屋——『星屑亭《ほしくずてい》』の主人である、お父さんだ。

街道沿いにぽつりとあるこの宿は、旅人たちの休憩ポイントとして位置づけられているらしく、ありがたいことにそれなりにお客さんはいる。

「うん、わかった」

私はお父さんからうどんを受け取ると、こぼさないように注意しながら、テーブルで食事を待つ宿泊客に運んだ。

私は、この小さな町で生まれた。両親は食堂が併設されたこの小さな宿屋を切り盛りしていて、私もふたりを手伝いながら成長した。

八歳になり、ようやく食事の配膳《はいぜん》もできるようになったので、これからもっともっと両親の役に立ちたいと思っている。

（いつかは私も、お父さんみたいに料理を作れるようになりたいなあ。お母さんみたいにお菓子も作ってみたい）

休憩のために部屋に戻った私は、お母さんが持たせてくれたサンドイッチを食べながら、そんなことを考える。

野菜の皮剥《かわむ》きは上手になったと、お母さんから太鼓判《たいこばん》を押されている。

火の扱いは危ないからと、たまにお父さんに見守られながら、目玉焼きを作る練習を始めたところだ。

いっぱい練習して、私もこの宿屋でお客さんに料理を振る舞いたい。

（きっと私は大きくなっても、この町から出ないだろうなあ）

この前、仲の良い友人は、いずれこの町を出るつもりだと言っていた。

その言葉を聞いて、それはそうだと納得する自分がいた。

確かに彼女は、こんな田舎町《いなかまち》にはもったいないくらいの子だ。お姫様のような容姿をしていて、頭もよく、性格もはっきりしている。

（でも、私はあの子とは違って平凡だし……）

この町で育ち、ここで誰かと結婚して――宿屋の跡を継いで、このままずっとのんびりと暮らしていくのだろう。

そのときの私は、子供心に漠然《ばくぜん》とそう考えていた。

一　友人は乙女ゲームのヒロインらしい

　ある日の夜。私はお泊まりに来た友人のスピカと、宿屋兼自宅の屋根裏にある小さな部屋で、おしゃべりをしていた。

　宿屋の一階は食堂と厨房、夫婦の部屋があり、二階には客室が十二室ほどある。

　屋根裏の空間は私のものだ。一番空に近いこの部屋には、大きな窓もついている。窓の外には満天の星。

　ふたりで夜空を眺めていると、なんの前置きもなく、スピカは突然宣《のたま》った。

「ねえ、ミラ、聞いてよ。実はわたし、この乙女ゲームの世界のヒロインなの！　十歳になったら血が繋《つな》がっている伯爵家の人が迎えに来るイベントがあって、王子様とかイケメンたちに見初《みそ》められて、いずれ王妃になるんだから！　すごいでしょう！　だからこの前、いつかこの町を出ていくって言ったのよ」

　その発言に、私は目を瞬《しばたた》かせる。そんな物語は、年頃の女の子だったら誰でも願うものだろう。初めてのお泊まりで、彼女は少し興奮しているのかもしれない。

驚きで声が出ない私の傍《かたわ》らで、スピカは簡素なワンピースの寝間着の上に布団を巻きつけ、くるくると回っている。

ただ布団をドレスに見立てて舞う友人を、見守っていたつもりだった。

（……いや、そういうヒロインって、小説だと逆に『ざまあ』されるじゃん）

だけど私の脳裏《のうり》には、そんな考えが過《よぎ》る。

『ざまあ』という言葉を、この八年間で誰かが使っているのを聞いたことはない。町の人は勿論《もちろん》、旅人たちも使ってはいなかった。私は当然ながら、町から一歩も外に出たことはない。

それなのに、その言葉の意味も、使い方も、私の中にすとんと落ちた。

それと同時に、さっきスピカが言った言葉たちも、するりと吸収されていく。

乙女ゲームの世界。

ヒロイン。

イベント。

どれも聞いたことがないはずなのに、何故か馴染《なじ》み深く感じる。

（乙女ゲーム……そういうものを舞台にした小説が好きで、何度も読んだから、私も知ってる）

――これは、誰の記憶だろう。

今の私はロマンス小説のひとつも読んだことはない。せいぜい子供向けの絵本くらい。それも、教会にある本をみんなで読んだだけだ。当然、乙女ゲームなんてやったことがあるはずもない。

「ふふふっ、楽しみだなあ。早く十歳にならないかな」

ひとり戸惑《とまど》う私を置いて、スピカは浮かれきっている。

（十歳になったら、何があるのだろう……ああ、例の伯爵が迎えに来るっていうイベントかあ）

相変わらず言葉にはならないが、私は頭の中では、スピカの発言をすっかり理解しているようだった。

「悪役令嬢に負けないようにしないとね。ねえ、ミラ。仲良しのあなたは特別に、わたしのメイドとして、こんな田舎町《いなかまち》から連れ出してあげてもいいわよ」

腰に手を当て、ふふん、と得意げに言う友人を呆然と見つめる。

悪役令嬢。

それも馴染《なじ》みがある単語だ。情報を整理しながら、私は頭をフル回転させる。

スピカはこの平凡な田舎町《いなかまち》には珍しく、くるりとカールしていてキラキラと輝く、ブ

ロンドの髪の持ち主だ。桃色の目はぱっちりと大きく、髪と同じ色の睫毛《まつげ》に縁取《ふちど》られている。

茶髪に青い瞳という、平民にありがちな組み合わせの凡庸《ぼんよう》な私と比べたら、まるでお姫様のよう。

実際、町の子供たちの中で、スピカの存在はとても目立っている。黙っていたら、人形のように可愛らしいからだ。

――そう、黙っていたら。そこで黙っていないのが、このスピカという少女なのだ。

どこか周囲を見下したような態度の彼女は、はっきりとした物言いをすることも相まって、村の女の子たちから敬遠されている。男の子たちは、スピカを可愛い可愛いと褒《ほ》めそやすグループと、遠巻きにするグループに二分化していた。

彼女に両親はなく、町にある教会の孤児院で暮らしている。

私のお父さんとお母さんはよくその孤児院に炊《た》き出《だ》しに行っていて、私は小さい頃からそれについていっている。そのうちに、私はそこで同い年のスピカと仲良くなって、今に至るわけだけど……

「……ねえ、スピカ」

「なに？　ミラはやっぱりどう考えてもモブだけど、わたしと来れば絶対にイケメンと結婚できるわよ！」

得意げに話すスピカの様子に、私は目を閉じて、眉間《みけん》に寄った皺《しわ》を揉《も》む。

スピカはこんなに会話ができない子だっただろうか。

何も知らない私に対して、モブとかイケメンとか、そういう単語を使うのは、どうなのだろう。

（これじゃまるで、小説に出てくるダメなヒロインみたい――）

考えているうちに、私の頭の中にはたくさんの情報が流れ込んできた。

そのまま私は、思考の渦《うず》に呑み込まれてしまう。

黒い髪の人々、雑踏《ざっとう》、車のクラクション。眩《まばゆ》い看板に、多種多様な音楽。

この世界では、見たことも聞いたこともない。でも確かに、私はそれらを知っている。

「ミラ、どうかした……？　大丈夫？」

急に俯《うつむ》いて話さなくなった私に、スピカは心配そうに声をかけてきた。

私には考え込んだのが一瞬だったのか数分だったのか見当もつかないが、スピカを不安にさせるには十分な時間だったようだ。

そうだ、スピカはなんだかんだで優しいところがある。ただ少し人の心の機微《きび》に疎《うと》く、自信に満ちた態度が反感を買うだけ。

けれど私は、自分の思ったことをはっきりと言える、強く逞《たくま》しく可愛いスピカに憧《あこが》れていて、彼女が好きだから一緒にいるのだ。

もし彼女が辛《つら》い目に遭《あ》うときは、守ってあげなければと思う。

「スピカ、よく聞いて」

ひと呼吸置いた私は、できるだけ落ち着いた口調で彼女の名を呼んだ。

急に態度が変わった私に、スピカはまん丸な目をさらに丸くする。

こてりと首を傾げる姿は、どこからどう見ても庇護《ひご》欲《よく》をそそるヒロイン様だ。

なるほど、この可憐《かれん》さをもって、乙女ゲームのヒロインたちはある程度貴族社会で台《たい》頭《とう》するのか、なんてことも頭の片隅で考える。そして、私は意を決してスピカに告げた。

「乙女ゲームものの小説だと、前世の記憶を持って好き勝手するヒロインは、逆に『ざまあ』されて、大体は平民落ちするか国外追放になるよ。悪役令嬢のほうが、ハッピーエンドを迎えるパターンが多いと思う」

「……ふえっ⁉」

「王子様に不用意に近づいたら、本来は不敬罪で捕まって、ひどいときには即処刑なんじゃないかな」

「ええ⁉　『ざまあ』とかフケイザイって何⁉　怖いんだけど！　しかも、なんでミラも乙女ゲームを知ってるの⁉」

眼前の美少女は、呆気《あっけ》にとられたような表情をしたあと、驚愕《きょうがく》に満ちた眼差《まなざ》しで私を見た。

こんな風にすらすらと言葉が出てきて、私自身も驚いている。

だけど私が言ったことが、小説世界のセオリーであり、現実世界の常識なのだ。

(私も……スピカと同じで、前世の記憶というものがあるみたい)

まだ目眩《めまい》がするけれど、大体のことは察した。

あまり鮮明に覚えてはいないが、前世の私は、異世界ものの小説、特に乙女ゲーム転生ものが大好きで、読《よ》み漁《あさ》っていたアラサーだったと思う。

乙女ゲーム自体はやったことがないからよくわからないけど、おそらくスピカは何かしらのゲームのヒロインで、さらに前世の記憶持ち……いわゆる転生ヒロインのようだ。

伯爵様が迎えに来るということは、彼女は貴族の落《お》とし胤《だね》なのだろう。

時が来たら、その人たちに引き取られて貴族令嬢の一員となり、貴族社会でのめくるめくあれやこれやに巻き込まれながらも、攻略対象者との仲を深めていく――というストーリーのゲームだということが、容易に想像できる。

攻略対象者に王子もいるらしいから、王妃エンドもありの乙女ゲームらしい。

もしかしたら、逆ハーエンドもあるかもしれない。

そのあたりは、驚いて固まっているスピカに尋問……ゆっくりと話を聞くことで解き明かしたい。

「ねえ、スピカ。乙女ゲームの展開に執着して、イベントを無理やり起こす話の通じないヒロインは、電波ヒロインとか、お花畑ヒロインっていうのよ。私がよく読んでた異世界ものの小説ではね」

急に淡々と語り出した私の言葉を聞いて、スピカがごくりと唾《つば》を呑んだのがよくわかった。

それから、スピカはしどろもどろになりながら、この世界の基《もと》となるらしい乙女ゲームの話をしてくれた。

そのゲームのストーリーは、やはりスピカはとある伯爵の落《お》とし胤《だね》で、彼女の存在を知った伯爵が迎えに来ることから始まる。

なんでも、スピカの母と伯爵は若い頃に恋人だったらしい。けれどスピカを身籠《みご》ったことに気付いた母は、彼と婚約が整っていた貴族令嬢――のちの伯爵夫人から逃《のが》れるようにこの町に来て、そのまま病《やまい》で儚《はかな》くなってしまったという。

晴れて伯爵令嬢となり王都での生活を始めたスピカは、たくさんの人々が集まる学園に入学し、伯爵家の養子であり義兄となる伯爵令息、王子や騎士、商人の息子や教師など、多種多様な攻略対象者たちと恋愛するのだ。

その中で、攻略対象者のひとりである王子の婚約者が、悪役令嬢としてスピカを陰でいじめ、暗躍《あんやく》するのだとか。スピカに陰湿な嫌がらせをした悪役令嬢は、学園の卒業パーティーで王子に婚約破棄を言い渡され、断罪され、国外追放される……というのが一連の流れ。

そうしてスピカは、攻略対象者と幸せに暮らしましたとさ、パチパチパチ……でエンドロールだ。

勿論《もちろん》私はモブ中のモブで、その乙女ゲームの学園生活に出てくるクラスメイトですらない。

ヒロインのスピカの友人で、彼女の故郷にある宿屋の娘。メインのシナリオには関わらず、過去の回想シーンでちょこっとだけ登場する存在らしい。しかも、背景にぼんやりと映し出される程度で、スピカも「多分あの茶髪のボブっぽい子がミラ……だと思う」と曖昧《あいまい》だ。

その乙女ゲームは『星の指輪 ～煌《きら》めきウェディング2～』という、いかにもな名前で、何かの続編らしい。

（聞いたことあるような気がするのは、どうしてだろう……？　ゲームはやったことないはずなのに）

それを思い出そうとすると、急に靄《もや》がかかったように記憶が曖昧《あいまい》になる。

もう少しで思い出せそうな気がするのに、やっぱりわからなかった。

「……という、ゲームなんだけど」

全てを話し終えたらしいスピカは、私の反応を気にするようにちらちらとこちらを見ている。

それもそうだ。彼女が知らないだろう小説に登場する言葉で、すっかり脅《おど》してしまった自覚はある。

「スピカ。あなたの前世は日本人で、その記憶があるってことでいい？　ちなみに何歳くらいだったかわかる？」

「うっ、うん。乙女ゲームが好きで、よくやってて……大学一年生になったばかりで、多分事故で……」

私の問いに、スピカはびくびくと答えた。私はそれを聞いて、一度頷く。

「そう。私も前世は日本人で、記憶が曖昧《あいまい》なんだけど、唯一はっきりしてるのはアラサーあたり。そのときには、乙女ゲーム系の異世界ものの小説を読《よ》み漁《あさ》ってた」

「じゃあ、ミラのが年上なんだ。ミラさん……？」

「そうみたいだね。まあ今は同い年だから、今までどおりでいいよ。私が前世のことを思い出したのって、ついさっきのことだし」

だが、不思議なことに、私にはスピカのように事故に遭《あ》ったり病気になったりした記憶はない。

もしかしたら、アラサー以降も普通に暮らしていたのかもしれない。

「えっと……ミラは、乙女ゲームはやってなかったの？」

先ほどまでのどこか高慢《こうまん》な態度は影を潜《ひそ》め、スピカはすっかり神妙になっている。

小説では最終的に不幸になる電波系のヒロインたちも、途中で止めてくれる人がいたら、結果は違ったのではないだろうか。そんなことを思いながら、私は頷く。

「うん、実際にやったことはないんだよね。だけど、小説を読んだから、大体どういうものかはわかってるつもり。ところでスピカ、このゲームに逆ハーエンドはある？」

逆ハーレムエンド。ヒロインが全ての攻略対象者と恋仲になるという、現実ではありえない設定だ。だからこそゲームには登場する設定でもある。

そして、乙女ゲームものの小説では、逆ハーを狙う転生ヒロインたちはことごとく失敗して、手痛いしっぺ返しを受けていたように思う。

スピカが気まずそうに「狙ってた」と、正直に告げたのと同時に……くぅ、と可愛らしいお腹の音が聞こえた。

私ではないということは、スピカのお腹だろう。案の定、お腹を押さえた彼女は、ほんのりと頬を赤らめている。

お互いにここまで夢中になって話していたが、もう深夜だ。夕食からはかなり時間が経っていて、私もお腹が空《す》いた。このままだと眠れる気がしない。

こういうときは……やはりアレ、だろう。

「スピカ……うどんは好き？」

「う、うん、勿論《もちろん》！」

私の言葉に、スピカは瞳をキラキラと輝かせる。

前世の記憶を取り戻した今となっては違和感しかないけど、この国では、何故かうどんが国民食となっている。ここは中世ヨーロッパ風の世界なのに、だ。

この国でうどんが考案されたのは、わずか二十年ほど前らしい。

『神童《しんどう》って噂《うわさ》があったこの国の当時の第二王子が、子供の頃に考案したんだと。小麦と水を使っているのに、パスタとはまた違う、つるつるっとした喉越《のどご》しがいいよなぁ～！』

と、私が運んだうどんを見ながら、宿屋の客だったおじさんが教えてくれたのだ。

……世界観にそぐわない食べものが存在するのは、日本製の乙女ゲームだからなのだろうか。

そういえば、緑茶もあった気がする。なんでもありなのかな。

だけど、ありがたい。醤油《しょうゆ》や味噌《みそ》のような調味料も、厨房を覗《のぞ》いたときに見かけた。

それもきっと、同じ頃に考案されたのだろう。

そうとなれば早速《さっそく》と、私はスピカに声をかける。

「ちょっと厨房に行こう。私が作るから」

「え、ミラ……できるの？」

「私、前世では料理人として働いてたみたい。まあ専門はお菓子だけど、自炊《じすい》もしてたし、ご飯もそれなりに作れると思う。今も宿のお手伝いしてるしね」

「へえ……！」

前世の記憶を取り戻して、思い出したことがもうひとつあった。それが私の職業だ。

スピカには料理人と説明したが、頭に浮かんだ光景からすると、多分パティシエだったのだろう。

そうだ、特に焼き菓子が好きで、休日はよく友人に作ってあげて——

そこまで考えると、頭がずきりと痛む。思い出せそうだった記憶は、すぐにぼんやりとして、わからなくなってしまった。

私には、何か思い出したくないことがあるのだろうか。

とりあえず気を紛《まぎ》らわせながら、私はスピカと共に厨房へと向かった。

屋根裏部屋から一階の厨房に下りると、既《すで》に火は落ちていた。

私は火をおこしたあと、食品保存用の箱の中からお父さん特製のうどん麺《めん》を一玉取り出す。

毎日作って寝かせてあるから、これは昨日作った分で、今日のお昼に提供するものなのだろう。だけど、一玉失敬《しっけい》したところで、足りなくなることはないはずだ。

小ぶりな鍋を二つ用意して一方では湯を沸《わ》かし、もう一方にはこれまた作り置きの牛骨でとった出汁《だし》を入れる。煮干《にぼ》しを使う文化はないようで、スープといったらお肉や野菜がベースだ。

（今度、煮干《にぼ》しや干しきのこでもスープを作ろうかな。あ、そうだ、あれも作ろう）

スープの味を見ながら、小さなフライパンを用意する。油を入れて温度が上がったら、小麦粉と酢《す》と水を合わせて混ぜたものを、高い位置からスプーンでぽたりぽたりと落とす。

すると、小さな丸い玉がからりと揚《あ》がった。天かすだ。

それから麺《めん》を茹《ゆ》で、スープに醤油《しょうゆ》を入れて味を調《ととの》える。

ネギのような味がする香草を細かく切り、深い器《うつわ》に麺《めん》とスープを注《そそ》ぎ入れた。

最後に天かすと香草を添える。

(肉うどん風……材料的にはフォーみたいだけど、美味《おい》しそう)

小腹が空《す》いた私の鼻腔《びこう》をくすぐる、温かく優しいにおい。

やっぱり料理は楽しい。そう思いながら、食堂スペースで待つスピカに急いで完成したうどんを持っていく。

待ち構えていた彼女は、元気に「いただきまーす」と手を合わせたあと、麺《めん》をちゅるちゅるとすすった。

「～～～っ、美味《おい》しい！」

目の前のスピカは、うどんを頬張《ほおば》りながら満面の笑みを見せる。

満足そうな彼女の様子に、見ている私も嬉しくなる。ミラとしてもそうだけど、前世の私も、自分が作ったものを美味《おい》しいと食べてもらうのが好きだった。

「そっか、よかった」

「今まで食べたうどんと、なんか違う！　わかんないけど、美味《おい》しい～～。この上にのってるサクサクのやつって、天かすだよね。すっごい懐かしい！」

目を輝かせるスピカの言うことを聞いて、私も口を開く。

「うどん屋さんに行ったら、天かすとネギってセルフだったよね」

「あー！　うちの大学の学食も、うどんあったなぁ。わたしはいつもかけうどんに天かす二杯入れて、具なしを誤魔化《ごまか》してた」

「ふふ、ありがたいシステムだよね」

私とスピカだけが知っている、前世の話。

お互いに深夜だということも忘れて、ひたすら麺《めん》をすすり、あっという間に食べ終えてしまった。

屋根裏部屋に戻ると、スピカは一目散にベッドにダイブする。

「はあ〜。お腹いっぱいになったら、眠くなっちゃった〜」

そう言って微睡《まどろ》む姿は年相応に無邪気《むじゃき》に思えて、可愛らしい。

（『乙女ゲームのヒロイン』じゃなくても、今のままでスピカは素敵なんだけどなあ……）

彼女の姿を眺めていると、そんな考えが頭を過《よぎ》った。

小説に出てくる電波系のヒロインたちも、みんなそうだ。それぞれ魅力があり、悪役令嬢を震撼《しんかん》させるほどの存在感があるというのに……やりすぎて自滅の道を歩んでしまう。

こんなに幸せそうなスピカが、そんな結末を迎えてしまうことは避けたい。

もしかしたらこの世界では乙女ゲームの強制力が働いて、スピカは幸せになれるかもしれないけど……小説ではそううまくいかないし、取り返しがつかなくなってからでは遅いのだ。

——友人を救いたい。

もしかして、私はそのために前世の記憶を取り戻したのではないだろうか。

彼女がこの町を出るまでの間に、モブキャラな私にもできることがあるかもしれない。

もう少し詳しい話を聞いて、どう対処すべきか考えないと。

「スピカ。また今度、この世界の基《もと》となったゲームの内容について、教えてくれる？」

既《すで》に夢の世界に旅立ちそうなスピカに話しかけると、彼女は目を擦《こす》りながらも、うん、と返事をしてくれた。

「……昔から、ミラだけ……わたしの話を、ちゃんと目を見て聞いてくれるの……」

ぽろりとこぼされた本音に、私は思わず目を見開く。

「スピカ……」

「でも今日は……もう限界」

もう目を開けるのも億劫《おっくう》そうなスピカを見て、私は苦笑しながら頷く。

「そうだね、寝よう。まだ時間はたくさんあるもの」

ひとつのベッドに入り、くっついて眠る。

例の伯爵が、スピカを迎えに来るというときまで、あと二年弱だろうか。

その前に、何かお手伝いができたらいい。友人の、本当の幸せのために。

「おやすみ、スピカ」

スピカからの返事はない。既《すで》に深い眠りに入ったらしく、規則正しい寝息が聞こえてくる。

私もそのまま、すぐに眠りについた。


早朝。朝食をとるために早めに厨房に下りると、もうランプの灯《あか》りがついていて、両親が仕込みをしていた。

「おはよう」

そう声をかけると、お父さんが「ミラ！」と私の名前を呼びながら飛んできた。

なんだかすごい形相《ぎょうそう》で肩を掴まれたので、驚いてしまう。

「あらあらあなた、ミラが怖がってますよ」

穏やかなお母さんがそう言ってくれて、お父さんの手の力が少し弱まった。

「だっ、だがな。俺はミラに聞きたいことがあるんだ。……なあミラ、アレはなんだ？」

アレ、と言ったお父さんの視線の先には、深夜に作ったスープと天かすの残りが置いたままになっていた。

……そうだ。昨夜作った分が少し余って、食べものを捨てるのはもったいなかったから、そのままにしていたんだった。

昨日まで目玉焼きを作るのが精一杯だった私がひとりで料理しただなんて、お父さんが驚くのも当然だ。私はいい言い訳を思いつくことができず、目を泳がせる。

「う……えと、勝手に厨房を使って、ごめんなさい」

「それはいい。いや、よくないが。そんなことより、あの味だ。何を入れた？　ベースは俺の作ったスープだろうが、味が違う。うどんが一玉なくなっていたから、作ったのはうどんか？　うどんのスープなんだろう。それにあの揚《あ》げカスのようなサクサクはなんだ？」

お母さんはまくしたてるお父さんを見ながら、くすくすと笑っている。

怒られると思っていたのに、料理のことについてあれこれ聞くお父さんの様子は、とても私を責めるようなものではない。

やっぱりお父さんは料理人なんだなあと思って、私も笑ってしまった。

「お父さん、これはね――」

そうして私は、お父さんに細かくスープと天かすの作り方について説明した。

そしてその日のお昼には、早速《さっそく》天かすうどんが食堂のメニューに加わったのだった。


「……なんだか大変なことになってるね」

うちの食堂の手伝いに来るなり、スピカは開口一番そう言った。

私とスピカがお互いのことを打ち明けてから、ひと月が経つ。

私たちは、以前よりもずっと仲良くなった。

「スピカ、おはよう」

笑顔で挨拶《あいさつ》をしながら、私は手早くエプロンを身につける。スピカも私に倣《なら》った。

あの日、宿屋で出した天かすうどんが旅人や町の人の評判を呼び、お昼時になるとうちの食堂はすごく混むようになった。家族三人じゃ手が回らず、こうしてスピカや他の人たちにも手伝ってもらうことにしたのだ。

そうしたら、主《おも》に配膳《はいぜん》を担当するスピカの美少女効果も加わり、客が客を呼ぶ状態となっている。毎日てんてこまいだ。

世の中、何がヒットするかわからないものだ。ただうどんに天かすをのっけただけなのに……

暫《しばら》くしたら、他のお店でも真似《まね》されちゃうだろうけど、スープの味までは再現できないだろう。

それに、思い返せばうどんのトッピングはいろいろあるし、また新しいものを作れば、この宿のオリジナリティは失われないはずだ。私は半熟卵の天ぷらをのせるのが好きだったから、それも近いうちにお父さんに言おうと思っている。

「ミラ、スピカ。お父さんが呼んでいたわ。また何か思いついたみたい。意見を聞かせてくれる？」

お母さんは忙《せわ》しなくテーブルや椅子の準備をしながら、私とスピカに声をかける。

私たちは、お母さんに言われたとおりに厨房へと向かった。

「ああミラにスピカ、味見をしてみてくれ。今日のスープも傑作《けっさく》だぞ！」

お父さんに差し出されたスープを飲むと、以前のものよりも格段に美味《おい》しくなっていた。

「……うん、美味《おい》しい！　きのこの風味《ふうみ》がする〜。やっぱりきのこは干すと旨味《うまみ》が凝縮《ぎょうしゅく》するよね！」

「流石《さすが》俺の娘だな！　大した味覚だ！」

子供の私の意見を無視することなく、取り入れてくれるお父さんに感謝したい。

私が天かすうどんを作って以来、お父さんは私にアドバイスを求め、こうして試作品を食べさせてくれる。怪しまれるはずの前世の知識を微塵《みじん》も隠していないのに、何故こうも受け入れてくれるのかは不明だ。

「ふたりとも料理バカよね、きっと……。でも、このスープは本当に美味《おい》しい！」

盛り上がる私たちを呆《あき》れたように見ながら、スピカも舌鼓《したつづみ》を打つ。

そうして味見や仕込みのお手伝い、食器の準備をしているうちに、あっという間にお昼時になった。厨房の手伝いが終わったので、私も配膳《はいぜん》へとまわる。

「お待たせしました。かけうどん二つです」

注文どおりにテーブルにうどんを運ぶ。すると、そこにはこの町ではあまり見かけない綺麗な顔をした青年と、私と同い年くらいに見える少年が座っていた。

少年はフードを深く被《かぶ》っていてよく顔が見えない。兄弟なのだろうか。

「すみません。あの、これはなんですか……？」

うどんと共に運んだ山盛りの天かすと刻まれた香草を見て、青年はとても驚いている。

そうでしょう。きっとこの世界では、まだうちの宿屋でしか出していないもの。

「これは、天かすというものです。油で揚《あ》げてあるのでサクサクですよ。お好みの量をうどんに入れてくださいね。スープに浸《ひた》すとぷわぷわになります。初めてなら、まずは軽くスプーン二杯程度入れるといいと思います。香草も味を確かめながら、好みに合わせてくださいね」

天かすは入れすぎると油っぽくなってしまうので、加減が必要だ。山盛りに入れる人もいるけど、私はほどほどが好き。

私の説明を聞いた青年は、恐る恐るといった様子で、うどんに天かすと香草を入れて一口食べた。

「……！　美味《おい》しいです！　でん……じゃなくて、レオも食べてみてください」

先に食べた兄がそう感想を述べて、自分が食べた器《うつわ》を弟に渡す。どうやらうどんを交換したようだ。

うどんを交換するなんて、なんだか不思議だなあと思ったけれど、そんなことを気にしている暇はない。まだ次々にうどんを運ばないといけないのだ。

「では、失礼しますね」

過保護な兄なんだろうと結論づけて、私は急いで厨房へと戻った。

やはり食堂は大盛況で、夜の宿屋営業まで混雑し続けた。スピカは遅くまで手伝ってくれたので、今日もお泊まりだ。

スピカがいると余計にお店が混む気もするが、意外と客のあしらいがうまく、接客慣れしている。

もしかしたら、前世で接客業のアルバイトでもしていたのかもしれない。

お互いに疲れきってはいるが、この話を外ですることもできないから、お泊まりの日のチャンスは逃《のが》せない。例のゲーム世界について、スピカに尋問の続きをしよう。

「そういえば聞いてなかったけど、具体的にどんな攻略法を試す予定だったの？」

私が問うと、スピカは少し照れ臭そうに口を開く。

「えーと、まず王子様はぁ、確か入学式のときにわたしが迷子になってるところを助けてくれるの。それで、そのお礼に手作りクッキーを作って……そこからちょこちょこ発生するイベントで、どんどん仲を深めていく感じ」

「わあ……」

その回答に、思わず変な声が出た。

（ええ……王子様ちょろすぎない？　手作りクッキーをもらって、恋に落ちるなんて。ちょろ甘すぎる）

ああでも。そういえば、乙女ゲームものの小説でも、ダメな王子は割とちょろい感じでヒロインに靡《なび》いて、婚約者の悪役令嬢を蔑《ないがし》ろにしてるパターンは多かった。

天真爛漫《てんしんらんまん》な姿がいいとか、新鮮だとかなんとか。

そういう場合は大体、ヒロインも王子もみんなまとめて『ざまあ』されていたように思う。

違うパターンは、王子は悪役令嬢のはずの婚約者に惚《ほ》れ込《こ》んでいて、そのことに気付かずに悪役令嬢に悪さをした転生ヒロインを懲《こ》らしめる。

この世界がどっちに転ぶのかはわからない。私が知っているのは小説の展開だし、もしかしたらこの世界ではみんないい人かもしれない。その逆だってありえる。

とはいえ、ゲーム展開に執着したままだと、破滅《はめつ》する可能性が高い。だって、現実に置き換えると考えられないような行動が多すぎる。地に足をつけて生活するのが一番だろう。

「うん……多分だけど。王子様って普通、毒見とかあるから、知らない人の手作りクッキーはもらわないと思う」

私が当たり前のことを伝えると、スピカは目を見開いた。

「ええ!? 手作りお菓子って、攻略アイテムとして王道じゃん！」

「……というか、そもそもスピカってクッキー作れるの？ これまでの孤児院のバザーでも売り子をしてたから、作る側じゃなかったでしょ？」

「そ、それはほら、ヒロイン補正ってやつで、やってみたらちゃっちゃっとできるのよ……！」

「スピカ、『ざまあ』だよ」

お花畑な言い分を聞いたあと、冷えた目でスピカを見ると、彼女はぶるぶるっと身を震わせる。

「いや、なんなの『ざまあ』って。なんかわかんないけど怖いんだってば！　フケイザイとかも……」

そういえばまだ『ざまあ』と『不敬罪』についてちゃんと説明していなかった。

「あのねスピカ、ざまあというのは――」

真剣な表情で私を見つめるスピカに、二つの単語の意味をこんこんと説明する。

小説では悪役令嬢が主人公の場合が多い。

転生し、前世の記憶を持っている悪役令嬢は、ゲームのストーリーとは全く異なる性格となり、本来であれば悪役になるはずの立ち位置にはおらず、攻略対象者たちと良好な関係を築いている。

それに気がつかずに、転生先が自分のための世界と信じて疑わないこれまた前世の記憶持ちのヒロイン――いわゆる電波ヒロインは、散々学園中をかき乱す。その挙句、悪役令嬢が断罪されるはずの場で大どんでん返しが起きて、ヒロインはこれまでの行《おこな》いを咎《とが》められ、断罪される。

それが、『ざまあ』だ。

攻略対象者たちは本当にヒロインに攻略されているパターンと、そうではないパターンがあるけど、どちらにしろヒロインが断罪される結果になる。

その説明が終わる頃にはスピカはうつろな目をして、「ミラ、うどん……」と夜食を求めてきた。身につまされる話だったようだ。

確かに私は、スピカの『ざまあ』を回避したいとは思っている。

だけど、ヒロインを餌付《えづ》けしてまるまると大きくして戦線離脱させようという計画ではないから、この夜食の習慣は早々にやめさせないといけない。

スピカを戒《いまし》めないと、と思いながらも、私は試作品の温泉卵の釜玉《かまたま》うどんを作り上げてしまった。

彼女は目を輝かせて、すぐに食べ始めている。いつもどおり、幸せそうな笑顔だ。

（うーん。この笑顔に弱いんだよね……）

そんな顔をされると、「たくさん食べていいよ！」と言いたくなってしまう。

スピカの満足そうな笑みと出来立てのうどんに抗《あらが》えず、結局私も彼女と一緒に座って麺《めん》をすする。

今日は一日頑張ったし、明日もいっぱい働けば、帳消しだよね。そういうことにしておく。

つるりとした温泉卵の白身の部分と、まったり濃厚な黄身をまとった麺《めん》は、醤油《しょうゆ》をひとかけするだけで美味《おい》しい。さらに自分好みに薬味や天かすを追加すれば、もっと美味《おい》しくなる。

本当に当時の第二王子様々だ。この世界に醤油《しょうゆ》があるなんて、素敵すぎる。

塩でも勿論《もちろん》美味《おい》しいけど、醤油《しょうゆ》独特の深みのある芳《こう》ばしさは、元日本人にはたまらない。

眼前では、スピカも同じように身悶《みもだ》えしながら食べている。

この世界には、他にも何か日本風なものはあるのだろうか。

(豆腐があれば、お揚《あ》げを作れるから、じゅっと甘い味のきつねうどんができる……！)

人気《ひとけ》のない食堂に、私たちが一心不乱《いっしんふらん》に麺《めん》をすする音だけが響く。

そのとき、ことり、と物音が聞こえた。

私は食べるのをやめて、音のしたほう――客室へと続く扉に目を向けた。

「あ……宿屋の子たちでしたか」

暗くてうすぼんやりとしか見えないが、ゆっくりと開く扉から現れたのは、声色《こわいろ》からして若い男のようだった。その人の手元が、きらっと光ったように見えたが、気のせいだろうか。

「お客様、どうしましたか？　私たち、うるさかったでしょうか……申し訳ありません」

私はぺこりと頭を下げながら言った。できるだけ物音を立てないようにしていたが、それでも人が移動する音や調理の音は、静かな建物に響くのだろう。

ここは宿屋であって、普通の家とは違うのだから、もう少し考えるべきだった。

私が反省していると、その男性客は逆に申し訳なさそうに、灯《あか》りがついている私たちのいるテーブルへと近寄ってくる。

「あ、いえ。僕が勝手に起きているだけなので、気にしないでください。階下から物音がしたので、何かあったのかと思いまして」

ようやく顔が見え、彼がお昼に食堂に来ていた客のひとりだということがわかった。

前世は小さなケーキ屋で接客もするパティシエ、今世では宿屋の娘だから、私は職業《しょくぎょう》柄《がら》、人の顔を覚えることが得意だ。だからこの人が、兄弟で天かすうどんを仲良く食べていた人だということも覚えていた。

綺麗な顔立ちの人だったし、何よりそのときの行動が不思議だったから、という理由もある。

礼儀正しい人だなあと思いながらそのお兄さんを見ていると、ふと腰元に目がいった。そこには美しい装飾が施《ほどこ》された剣がぶら下がっている。

（……やっぱり、さっき何かが光っていたのは見間違いじゃなくて、刃物の反射光だったんだ……）

一瞬それが怖くなったが、私はすぐに思い直した。

深夜の宿の階下から灯《あか》りが漏れていて、近づくとズルズルという音が聞こえたら、ちょっとしたホラーだ。事情を知らない人にとっては、武器を持っておきたくなるレベルに違いない。

納得しながらお兄さんを眺めていると、ぐうぅ、という音が聞こえてきた。

まず向かいに座るスピカに視線を向ける。すると、彼女は焦《あせ》ったように首を横に振って、秒で否定した。

「いや、今回はわたしじゃないから！」

それはそうか。彼女のお腹は今、釜玉《かまたま》うどんで満たされているはずだ。

「す、すみません……僕です」

見上げると、お兄さんが眉尻を下げて、申し訳なさそうにはにかんでいる。どうやら、夜食が一人前追加になるらしい。

幸い、材料はまだある。温泉卵を作るのが楽しくて一気に四つ作ったから、問題はない。沸騰《ふっとう》したお湯に水を少し足して、その中に卵を暫《しばら》く放置するだけであんなに素晴らしいものに変貌《へんぼう》するなんて、最初に気付いた人は天才なんじゃないだろうか。

「ちょっと待っていてください。すぐに用意します。そこに座っていてくださいね」

「えっ、あの……！」

私はお兄さんに席につくように促《うなが》すと、急いで厨房へと戻った。

お腹が空《す》いている人がいるのだもの。満腹にしてあげないと気が済まない。

再度茹《ゆ》でたうどん麺《めん》に卵を落として、他の具材をのっける。

できるだけ急いで作り上げたそれをお兄さんの前に差し出した。彼は最初は遠慮していたが、食べ始めると一気に平らげてしまう。

「……ごちそうさまでした。すみません、僕までご馳走《ちそう》になってしまって。おいくらでしょうか？」

最後にお水を飲んでひと息ついたお兄さんは、ようやく落ち着いたのか胸元から財布を取り出した。

それにしても、こんなに綺麗な美青年とうどんって、ギャップがすごい。

そんな関係ないことが脳裏《のうり》を掠《かす》めながらも、私はその申し出を断った。

「試作品なので、無料です。ついでですし」

食堂の価格設定に私は携《たずさ》わっていないから、この食材で、お客さんからいくら取っていいものかわからない。今度、お母さんに帳簿を見せてもらいながら勉強しないといけない。

だが、お兄さんはそれでは納得できないのか、お財布をしまおうとしない。

「そんなわけにはいきません……材料費のこともありますし」

「いいえ、今回は本当に大丈夫です。……あ、では、また機会があれば、うちの宿に泊まっていただけると嬉しいです」

頑《かたく》なに財布からお金を取り出そうとするお兄さんに、私は笑顔でそう告げる。宿屋の娘らしく、営業もしておく。

それに私にとっては、お腹が満たされたあとのみんなの笑顔が見られるのが、何より嬉しい報酬《ほうしゅう》なのだ。

「そうですか……。ありがとうございます。僕は二日ほどこの宿に滞在する予定なので、何か困ったことがあったら言ってくださいね」

私は、あのときお兄さんと一緒にうどんを食べていた、フード付きの外套《がいとう》を着た少年のことを思い出した。

「そうなんですね。あの弟さんもご一緒ですか？」

「弟……？　あっ、ああそうです」

私が尋ねると、一瞬戸惑《とまど》ったような顔をしたお兄さんだったが、すぐに笑顔に戻る。

「そうですか。ふたり旅なんですね」

「ねえねえ、なんの話〜？」

お兄さんと話していると、スピカが割って入ってくる。

既《すで》に自分のうどんを食べ終えた彼女には、知らない話は退屈だったのだろう。

そしておそらく満腹になって、また眠くなってきたと思われる。

中身は大人でも、私もスピカもまだまだ子供の体だ。睡眠は大切にしないと。

「なんでもないよ。片付けて部屋に戻ろう」

「んー、そうね、眠い……」

スピカは素直に頷き、目を擦《こす》っている。

「それ、僕がやりますよ」

お兄さんはそう言って三人分の器《うつわ》をひょいと持ち上げると、「こっちですね」と厨房へと運んでくれた。慌《あわ》てて追いかけてお礼を言ったあと、手早く洗いものをする。

お兄さんは、食器を拭《ふ》く作業も手伝ってくれた。とってもいい人だ。

「スピカ、部屋に……」

部屋に戻ろう。食堂に戻ってそう言おうとした私が見たのは、テーブルに突《つ》っ伏《ぷ》して
すうすうと寝息を立てるスピカの姿だった。

今日はずっとお手伝いをしてくれたから、疲れていたのだろう。

だけど、どうしよう。私じゃ彼女を屋根裏部屋までなんて、とても運べない。

でも、ここで朝まで寝たら体がバキバキになって、逆に疲れてしまうだろう。

（――あ）

ひとつの考えが頭を過《よぎ》って、私はお兄さんを見上げる。

「あの、お客様……さっき言ってた『困ったこと』なんですけど、今お願いしてもいい
ですか？」

「はい、勿論《もちろん》です」

「じゃあ、この子を部屋まで運んでくれませんか？」

「お安い御用《ごよう》です」

私がお願いすると、お兄さんは笑顔で了承してくれた。

そして寝ているスピカを軽々とお姫様抱っこすると、私の部屋まで運んでくれたのだった。


次の日の朝、お父さんに温玉釜玉《おんたまかまたま》うどんを披露《ひろう》すると「お前は天才か……！」と褒《ほ》められ、すぐに食堂のメニューに仲間入りすることが決まった。

ただ、お昼時に大量に作るとなると人手が足りないから、宿泊客限定の夜のメニューとして提供することになった。それも特別感があっていい。

すっかりうどん屋と化したうちの宿屋の厨房で、現在は夜の営業を終えたお父さんとお母さんが仕込みを行《おこな》っている。今までは参加できなかったけど、天かすと温玉《おんたま》の功績が認められて、私もついに厨房入りを果たした。今日はスピカはお休みだ。

お父さんは、感心したように口を開く。

「しかし、ミラは随分《ずいぶん》と手際《てぎわ》がいいなぁ」

「お父さんの仕事をいつもこっそり見てたからだよ」

勿論《もちろん》理由はそれだけではないけれど、『前世の記憶があるから』なんてことは言えるはずもなく、無難《ぶなん》な回答をしておいた。

それ以上追及されることなく、お父さんのお古《ふる》の小さめの包丁をもらった私は、うっきうきだ。

その包丁を使って、お母さんと一緒に野菜の下ごしらえをする。その作業はとても大変で、前世のピーラーが切実に恋しくなった。

「ミラはお父さんに似て、料理の才能があるみたいね」

隣で優しく微笑むお母さんに、私も笑顔で返す。

「そうだったらいいなあ」

料理が好き。美味《おい》しいものが好き。

美味《おい》しいものを美味《おい》しそうに食べてくれる人を見るのが好き。

この世界のことをもっと知りたい。

そうしたら、もっと美味《おい》しい食材に会えるかもしれない。

そう思った私は、むくむくと大きくなる好奇心のままにお母さんに問いかけていた。

「ねえ、お母さん。この町って地図のどの辺にあるの？　海は近い？　特産品っていったら何かある？」

「地図ね……確か簡単なものがカウンターにあったと思うから、明日見てみる？　この町の特産品ね、野菜が中心になるけど、一番はやっぱりレモンかしら。海は遠いわね。この母さんはこの町から外に出たことがないのよ。いつか海を見てみたいわ」

「そうなんだ……」

食材についてリサーチをするために地図の話をしたところ、お母さんは困ったように微笑んだ。

そうか。この町から出ること自体、珍しいことなのかもしれない。

「親父さんの宿屋を継いでからはずっと休みなしだからなあ。どこにも連れていってあげられなくてごめんな、マーサ」

「いいえ。あなたがうちの宿屋を継いでくれたことが、何より嬉しいからいいんです」

「マーサ……」

「ふふっ。なあに、あなた」

……そして何故か最終的に、両親が見つめ合って頬を染める結果になってしまった。

でもまあ、家族の仲が良いのはいいことだ。うん。

この宿はお母さんの実家で、お父さんはお婿《むこ》さんだったのか。

物心がついたときにはもう祖父母はなく、夫婦でこの宿を切り盛りしていたから、知らなかった。

「……私、ちょっと休憩してくるね」

視線を交《か》わす夫婦を残して、私は厨房を出た。そして、閑散《かんさん》とした食堂でぐぐっと伸びをする。

（今日はスピカがいないから、夜食を作ることはないなぁ。……ちょっと残念かも）

私が何もない空間を眺めながら、そんなことをぼんやり考えていたとき、客室に繋《つな》がる廊下のほうから誰かの声がした。

「お嬢さん、こんばんは」

その声が聞こえたほうを向くと、例の兄弟が扉からひょっこりと顔を出している。お兄さんはにこにこと笑っているが、弟さんは前と同じようにフードを目深《まぶか》に被《かぶ》っていて、顔が見えない。

「こんばんは。お客様、どうかされましたか？」

私は何食わぬ顔で、ぴんと伸ばしていた腕を下ろし、姿勢を正す。

深夜とまではいかないが、もう寝ていても不思議ではない時間だ。

こうして階下に下りてくるということは、宿に何か不手際でもあったのだろうか。

そう考えていると、お兄さんが笑顔のまま口を開く。

「あの、すみません。お願いがありまして」

「？　なんでしょう。あ、お父さんを呼んできます」

クレームならばお父さんに対応してもらわなくては。

私が厨房に向かおうとしたとき、今まで黙っていたフードの弟さんが、がばりと顔を上げた。

「～～～、俺も、たまごのうどんが食べたい」

てんてんてん……と、三人の間に沈黙が落ちること数秒。

私はようやく気を取り直して、ふたりを見た。

よく通る声だったし、聞き間違いではないと思う。

薄暗いのでよく見えないが、弟さんがとても真剣なのはわかる。

「たまごのうどん……ですか。あ、昨日の夜にお兄さんが食べた、あのうどんですか？」

私が確認のために尋ねると、お兄さんが頷く。

「はい。僕がいただいた夜食の話をしたら、弟のレオも興味津々《きょうみしんしん》で。お昼や夜のメニューに入っていたら頼もうと思っていたのですが、なかったので直接お願いに来てしまいました」

なるほど。弟さんは、お兄さんから背徳《はいとく》の夜食、温玉釜玉《おんたまかまたま》うどんの話を聞いて、自分も食べたくなったみたいだ。すぐにでも用意したいところだけど、ひとつだけ問題がある。

「釜玉《かまたま》うどんはまだメニューには載せていなくて、これから夜のメニューに追加する予定です。それで、今は卵がないから、作れないんです」

「そうか……」

弟さんの声が、弱々しくなる。実際、とても残念そうな顔をしている。

そんなに食べたかったのだろうか。

だが生憎《あいにく》、今は新鮮な卵のストックがない。朝になれば鶏《にわとり》さんが卵を産んでいるかもしれないけれど……。

お兄さんは、私にぺこりと頭を下げた。

「無理を言ってしまって申し訳ありません。仕方がありませんね。レオ、部屋に戻りましょう」

「……ああ」

くるりと向きを変えてふたりが立ち去ろうとする。その背中には、哀愁《あいしゅう》のようなものが漂《ただよ》っていた。

「あの！」

私は、そんなふたりをついつい呼び止めてしまう。

何より、腹ぺこな人をそのまま部屋に戻すわけにはいかない。

「ちょっと、座って待っていてくれませんか？　何か作ってお持ちします。卵はないですけど、うどんはいっぱいありますから！」

精一杯の笑顔を作って「こちらにどうぞ！」と半《なか》ば強引に席に案内したあと、私は急いで厨房へと駆けた。

茹《ゆ》でた麺《めん》、切ったお野菜、ベーコン、胡麻《ごま》。

食材を準備して、調理台に並べる。

「ミラ、ほらこれ。量は多くないが、以前試しに仕入れたものだ」

お父さんから受け取った小瓶《こびん》に入っているのは、茶色がかったとろりとした液体。

蓋《ふた》を開けてにおいを嗅《か》ぐと、胡麻《ごま》の芳《こう》ばしい香りがする。

やっぱり、これを作るときは、胡麻油《ごまあぶら》のほうが美味《おい》しいもんね。

お父さんが厨房にいるのだから、彼らの分のお夜食を作ってもらうこともできたけど、私は自分で作りたかった。だから、お父さんにお願いして作らせてもらうことにした。

卵がない上に、いつものスープもこれから仕込むところだから、まだできていない。

スープを使わないとなると、私の頭に浮かんだうどんのレシピはひとつだった。

火にかけた鉄のフライパンに胡麻油《ごまあぶら》とベーコンを入れると、じゅう、と小気味よい音がした。

ベーコンの脂身《あぶらみ》がふつふつと動き出したところで野菜を投入し、美味《おい》しい塩味《えんみ》と脂《あぶら》をしっかりとまとわせる。既《すで》にこの時点で、食欲をそそるいい香りだ。

「ほう。うどんを炒《いた》めるのか？　うどんはスープに入れて食べるもの、という先入観があったが、確かにパスタも炒《いた》めることがあるなぁ」

「でしょう？　うどんも炒《いた》めたら美味《おい》しいと思うの！」

感心して覗《のぞ》き込《こ》んでくるお父さんに、私は得意げに言う。

「まあミラ、すごいわ」

お母さんも、優しく褒《ほ》めてくれた。

踏み台に乗って料理を作る私を、両親は後ろから見守ってくれる。

その温かい視線を感じながら、私は野菜に火が通ったところで麺《めん》を入れ、手早く混ぜる。

そこに醤油《しょうゆ》を回しかけると、鍋肌にあたったところがじゅうじゅうと焦《こ》げ、一気に醤《しょう》油《ゆ》の芳《こう》ばしい香りが広がった。

「……最後に胡麻《ごま》をかけて、と」

本当は鰹節《かつおぶし》をふわりとのせて、熱気に踊る様子を楽しみたいのだけど、この世界でそれは見たことがない。今度探すことにしよう。

とにかく今は、この出来立ての焼きうどんを、あの腹ぺこ兄弟に届けるのが優先だ。

出来立て熱々の焼きうどんを急いで運ぼうと思ったら、大皿をお母さんが持ってくれた。私はお母さんの後ろから、取り皿やお水などを持っていくことにする。

食堂に足を踏み入れた瞬間、腹ぺこ兄弟の視線が私に――というよりは、山盛りのうどんに集まるのを感じる。お母さんがテーブルの上に焼きうどんを置いたとき、ゴクリと唾《つば》を呑む音が聞こえた。

「さあ召し上がってください。特製の……あらミラ、これはなんていうお料理？」

「焼きうどんだよ」

腹ぺこふたりに取り皿を配膳《はいぜん》しながら、お母さんの問いに答える。

お母さんはにっこり笑って、兄弟のほうに向き直った。

「そうそう、特製の焼きうどんです。どうぞ」

「やきうどん……」

「……さっきからしていたいい香りの正体はこれだったんですね。では、いただきます」

焼きうどんの名前を復唱するフードの弟さんを横目に、先にお兄さんがうどんに箸《はし》をつける。

彼はうどんの山から取り皿に少し麺《めん》を移したあと、パクリと口に運んだ。

「……！　美味《おい》しいです！　レオ、レオも食べてみてください」

慎重にうどんを食べ始めたお兄さんは、驚いた表情をしたあと、急いで弟さんの分を小皿に取り分けて手渡す。

弟さんはその皿を受け取り、お兄さんと同じく、恐る恐るといった表情でうどんを口に入れた。そして何度か咀嚼《そしゃく》したあと、お兄さんと同じく目を瞠《みは》る。

「美味《おい》しい……！」

そう小さく呟くと、彼はまたひと口食べる。

もぐもぐと頬張《ほおば》って呑み込むと、無言でまた次のひと口。

お兄さんも遠慮がちではあるけれど、また少し自分の取り皿に焼きうどんをのせたようだった。

ふたりの様子を見て、私は嬉しくなる。

「お口に合ったみたいで、よかったです。では、ごゆっくりどうぞ」

「食べ終わったら教えてくださいね」

夢中で焼きうどんを食べるふたりに、そう言ったお母さんと一緒に頭を下げて、私たちは厨房へと引っ込む。あのペースだと、すぐに食べ終わったという合図がありそうだ。

厨房に戻った私は、お父さんとお母さんと三人で、残しておいた焼きうどんを味見することにした。芳《こう》ばしい醤油《しょうゆ》の風味《ふうみ》とベーコンの塩気、麺《めん》のもちもち食感をみんなで楽しむ。

そして十数分後、空《から》っぽの大皿と取り皿、コップを持って、お兄さんが厨房の中に声をかけてきた。

「ご馳走様《ちそうさま》でした。一気に食べてしまいました」

思ったよりも、ずっと食べ終わるのが早かった。

スープで食べるうどんとはまた違って、焼きうどんには芳《こう》ばしさという武器があり、それがまたあとを引く。きっと、その魅力に抗《あらが》えなかったのだろう。わかるわかる。

私は腹ぺこ兄がお母さんに食器を渡すところを見ながら、腕組みをしてふむふむと頷く。すると、お母さんと何やら話していたお兄さんは、ふいに私のほうを見た。

意味深なその眼差《まなざ》しと、私の視線が交差する。

「これを作ったのは、お嬢さんなんですよね？」

「あ、はい。一応……」

「昨日のたまごのうどんもですよね？」

「……そうです」

よくわからないまま、お兄さんの質問に答えると、彼は優しい微笑みを浮かべた。

「とても料理がお上手なんですね。シェフのお名前を伺ってもよろしいでしょうか」

その言葉を聞いて、私はお兄さんの前へと足を進める。

「ミラといいます」

「ミラさん……。君はきっと将来、素晴らしいシェフになれますね。今日のうどんも、とても美味《おい》しかったです」

背の高いお兄さんが、膝《ひざ》を曲げて私に視線を合わせてくれる。

薄暗い食堂とは違って明るい厨房にいる今、笑顔のお兄さんはとてもカッコいいことがわかった。

そんな人に褒《ほ》められると、なんだかむずがゆい。

年甲斐《としがい》もなく、いやまあ、外見の年齢的にはいいのだろうけど、テレテレと照れてしまう。

「あの……」

私が内心身悶《みもだ》えていると、お兄さんの後ろからフードの弟さんがひょこりと顔を出した。

「ミラ、ありがとう。やきうどん、初めて食べたけど、すごく美味《おい》しかった」

「よかったです。今度はたまごのうどんも用意しておきます。明日はきっと卵があるので」

そう言ったあとにお父さんのほうをちらりと見ると大きく頷いていたので、大丈夫ということだろう。宿泊者限定、温玉釜玉《おんたまかまたま》うどんは明日の夜から始まるようだ。

「本当か！　やきうどん、美味《おい》しかったけど、やっぱりたまごのほうも気になってたんだ！　ありがとう、ミラ！」

弟さんはフードを被《かぶ》ったままだったが、キラキラとした笑顔はしっかり見えた。

私の料理でこんなに喜んでくれるのなら、絶対にたまごのうどんを食べてもらいたい。

――そうして翌日の夕方、明らかにうきうきとした様子でお兄さんと共に食堂に来た弟さんは、念願の温玉釜玉《おんたまかまたま》うどんを口にした。

配膳《はいぜん》の手伝いをしていた私は、彼が焼きうどんのときと同じように美味《おい》しさに感動している様子を見て、思わず笑顔になったのだった。

二　ヒロインにも事情がある

温玉釜玉《おんたまかまたま》うどんがメニューの仲間入りを果たしてから、暫《しばら》く経ったある日。

「お手伝いもいいけれど、たまには遊んでおいで」とお母さんに言われた私は、今日は教会に遊びに来ていた。正確には、教会に併設された孤児院で、スピカの住まいでもある。

孤児院を訪ねると、早速《さっそく》スピカが出迎えてくれた。

「あれ、ミラ？　珍しいね。食堂は休み？」

「おはよう、スピカ。今日は私だけお休みをもらったの。ちょっと調べたいこともあったし」

「ふうん？」

不思議そうな顔のスピカに中に入れてもらって、他の子供たちにも挨拶《あいさつ》をしたあと、私は本棚《ほんだな》へと向かった。

「え、なになに？　勉強するの？」

驚いたような声をあげるスピカに、私は答える。

「うーん。ちょっとこの世界のことを知りたくて」

先日、約束どおりお母さんに見せてもらった地図は、私がイメージしていた日本地図や世界地図とはまるで違っていた。

簡素な図形の上にこの町が黒の点で示され、そこを起点として東西南北の街道が簡単な線で記《しる》されているだけだった。勿論《もちろん》、地形なんてものはわからず、『港町方面』とか『山』とか、そんな単語しか書かれていない。どのくらいの距離があるのかはわからないが、とりあえずこの町から東の街道に沿って行くと、王都に着くらしい。

他に何かこの国のことがわかるものがないかを探しに来てみたのだが、本棚《ほんだな》には子供向けの絵本ばかりが並べられ、それらしい本はない。

この小さな町には図書館のような施設もないし、各家庭に本があることは稀《まれ》だろう。この町では勉強をする子供はほとんどおらず、みんな家の手伝いをしているから。

探している本があるとしたら教会くらいだろうと思っていたのだが、完全に当てが外れてしまった。

街道の休憩地点であるこの町は、それなりに旅人は来るし、物資も足りている。学校はないけど多くの商人や旅人たちと交流があるからか、識字率は低くないようなのに。

私は、この世界のことをもっと知りたい。それで、いろんなものを作りたいのだ。

「……なんかミラって、昔から真面目だよね。前世のこと思い出したのって、この前なんでしょ？　だけどあんまり変わんないんだね」

私の隣で一緒になって本をめくりながら、スピカは頬杖《ほおづえ》をついてそう呟く。

そっか、私はこの前のスピカの発言のおかげで前世のことを思い出したけど、スピカは違うのか。

「そういえば、スピカはいつから記憶があるの？」

軽い気持ちで問いかけたが、スピカの表情は悲しげなものに変わる。

「……お母さんが死んだときだから、三年前くらい」

「そっか。ごめん、無神経だったね」

三年前といえば、私たちはまだ五歳。両親が健在で、今も帰る家があって、素朴《そぼく》ながらも温かい家庭で育った私とは違って、スピカはそのときから独りなのだ。

申し訳ない気持ちになって謝る私に、スピカはふるふると首を横に振った。

「ううん。お母さんが死んだことはショックだったけど、乙女ゲームのことを思い出せたから、よかったの。だって、この先天涯孤独《てんがいこどく》だと思いながら暮らすことに比べたら、あとでお父さんが迎えに来て、楽しくて幸せになれる学園生活が送れると知れて、気が楽だったし」

「スピカ……」

「だって、ゆくゆくは王子様とだって出会えるんだよ？　それに……お母さん以外にも本当の家族がいるって、まだわたしにはお父さんがいるって知ってたから、乗り越えられた」

淡々と話すスピカに、私は悲しいような切ないような、複雑な気持ちになった。

（……だからスピカは、乙女ゲームの展開を信じているのか）

それが、ヒロインに転生したスピカにとっての生きる希望で、糧《かて》なのだ。

私たちが暮らしていた現代社会に比べたら、いくら本当の中世ではない乙女ゲームの世界といっても、生活水準はかなり落ちる。

よくある悪役令嬢のように高位貴族に転生したならば少し違うのかもしれないが、便利な現代の記憶があるまま、この小さな町の小さな孤児院で暮らすことになったら、どうだろう。

藁《わら》にもすがる思いで、将来ここから救い出してくれる人を待つだろう。

それが、スピカにとっては十歳でお迎えに来てくれる伯爵家の使いであり、学園で出会う攻略対象者たちなのだ。この町でのスピカの振る舞いがこれまで高慢《こうまん》だったのも、『知っていた』からなのだと、唐突に理解した。

スピカはずっと知っていたんだ。いずれここを出ていって、二度と戻らないことを。

「――あ、でも」

パラパラと本をめくっていたスピカがふいに顔を上げる。

彼女はなんと声をかけていいかわからずにいた私を見て、花が綻《ほころ》ぶようにふわりと笑った。

「前はただ早く十歳になれって、そればっかりだったけど、ミラと過ごすようになってからは楽しい」

「スピカ……」

思わず感極まった私に、スピカはさらに続ける。

「わたしのことをちゃんと見てくれるし、怒ってくれるし。お姉ちゃんができたみたい」

「そういうことなら……私のこと、お姉ちゃんって呼んでくれてもいいんだよ？」

私がそう言うと、スピカは勢いよく大声をあげる。

「呼ばないよ！　同い年なのに変に思われるじゃん！　でも、ミラ……ありがとう」

それだけ言うと、スピカは照れたようにぷいとそっぽを向いてしまった。

なんだろう、可愛い。

スピカはいろいろなことが重なって、少し視野が狭くなってしまってただけ。ゲームの展開に頼るのではなく自《みずか》らの考えで歩いていけるようになれば、破滅的《はめつてき》な未来は訪れない。そんな気がする。

現にスピカの態度は以前よりも丸くなり、彼女を毛嫌いしていた町の女の子たちは戸《と》惑《まど》っているようだ。スピカを崇拝《すうはい》している男の子たちは……まあ男の子は放っておこう。最終的に大切なのは同性からの評価だと思う。

ひとりで納得した私は、雑然と並ぶ本棚《ほんだな》から少しずつ本を取り出し、読書に没頭《ぼっとう》することにした。

それから暫《しばら》くふたりで本を探したが、私が知りたい情報はあまりなかった。

まあでも、こんなにじっくり本を読むことはなかったから、字の勉強にはなった。

だからかは知らないが、隣にいるスピカはぐったりしている。

「スピカ、この世界のことについて、ちょっと聞いてもいい？」

「いいよ。でも終わったらご飯食べたい」

質問をすると、切実な言葉が返ってきた。一生懸命《いっしょうけんめい》に頑張ってくれたスピカは、お腹が空《す》いているらしい。確認し終わったら昼食作りのお手伝いに行かなくては。

早くスピカにご飯を食べてもらうためにも、ぱぱっと聞いてしまおう。

「ここが乙女ゲームの世界、っていうのは間違いない？」

「勿論《もちろん》！　わたしの名前もそうだけど、ヒロインの幼少期と同じ顔だし、境遇も一緒だもん。町の名前も」

スピカが自信満々に言い切るので、これは間違いないのだろう。

「じゃあさ、そのゲームの中に、食べものとかは出てきた？　ここは魔法のある世界とかじゃないよね？　私も生まれてから、魔法は一度も見たことないし」

「食べものに注目してゲームやってなかったからわかんないけど……クッキーはあったって言ったよね。あ、あとはピクニック的なデートイベントがあったけど、サンドイッチみたいのが背景に映ってた。カップケーキみたいなやつとか。ゲームのシナリオに魔法はなくて、純粋な恋愛要素だけ」

「なるほど……。あ、海のシーンはなかった？　魚料理とかあった？」

「んー、港町にお忍びデートするイベントはあったけど、料理はどうだろ？　でも海の側《そば》なんだから、魚料理もあるんじゃない」

「そっか……！」

一通りスピカの回答を聞いて、私は身を乗り出す。

ゲーム内にも海がある町はやはり存在しているらしい。いつか絶対に行きたい。

スピカが教えてくれたゲームの情報と私がこれまで暮らしてきた知識を合わせて、この世界のことを整理していく。

この国は、うどんブームのおかげかはわからないけれど、小麦の製粉技術は進んでいるらしい。うちの地下室に氷室のようなものがあるから、冷凍も問題なさそうだ。

電気やガスはないから、調理はかまどを使うのがメイン。うちは宿屋だから厨房が広くて、パン用のかまど以外にも火にかけられる場所があるけど、一般家庭ならもっと制限されるだろう。

やっぱりこの国は、現代日本のように進歩しているところと、そうでないところがあって、どうもちぐはぐだ。

乙女ゲーム自体が日本で開発されたからかもしれないけれど、もしかしたら、私たちのように前世の記憶を持つ人々がいて、その知識と技術で少しずつ進歩したのかもしれない。

（ああ、なんかこの世界のご飯の可能性は無限大な気がしてきた……！　王都に行ったら、どんな食材があるんだろう）

私が知っているのは、あくまでこの小さな町のことだけだ。スピカが連れていかれるであろう王都での暮らしは、もっと豊かなものなのだろう。お貴族様だし。

スピカから得られた食材の情報に、私は思わずにまにましてしまった。すると私のワンピースの袖《そで》を、スピカが軽く引っ張る。

「ていうかミラって、乙女ゲームの攻略対象者がどんな感じとか、気にならないわけ？どんなイケメンが攻略対象者で、どう攻略するのかとか。さっきから食べもののことばっかりじゃん」

「え？　ああ〜うん、特には興味ないかな。二十年前にうどんを考案した第二王子には、会って話を聞いてみたい気はするけど」

彼女を見ると、呆《あき》れたような顔で私を眺めていた。

でも仕方がない。モブである私が気になるのは、今後一生出会わないであろうキラキラの攻略対象者のことよりも、食材のことなのだから。

「それよりやっぱり、王都とか港町の食材が気になるかなぁ。港町に行ったら鯖《さば》とかあるかな？　私が知ってる限りではヨーロッパにも鯖《さば》サンドの文化があったはずだから、あってもおかしくないと思うんだけど」

「ミラ、あんたね……」

スピカがじとっと見つめてくるけれど、私は思考に耽《ふけ》る。

鯖《さば》があったら、まずは焼き魚かなあ。ああでも、衣《ころも》をつけて、フライにして、カリッと揚《あ》げちゃうのもいいよねぇ。焼き魚に大根おろしを添えて、それに味噌汁《みそしる》があったら……うん、白いご飯が欲しくなる。

だが生憎《あいにく》、白米は生まれてこの方見たことがない。

もしかしたら王都にはあるかもしれない。

きっと城下町の市場に行けば、この町よりもたくさんの食材が私を迎えてくれるだろう。

鯖《さば》から派生して、たくさんの食材に思いを馳《は》せる私に見切りをつけたのか、スピカは黙って、広げた本の整理を始めている。

スピカが乙女ゲームが大好きなのと同じように、私だってお菓子作りや料理全般が大好きなのだから、どうしても思考回路がそちら寄りになるのは許してほしい。

（……そんな私が異世界ものの小説を読み始めたのは、何がきっかけだったんだろう）

たくさんの食材と便利道具に囲まれた豊かな前世では、今以上に料理に没頭《ぼっとう》していたはずだ。それなのに、私がお菓子や料理以外に興味を持ったきっかけはなんだったのだろう。

思い出そうとしても、そのあたりの記憶は相変わらず靄《もや》がかかったようにぼんやりとしている。

パティシエとして生計を立てていたのなら、忙しい日々だったはずだ。どこで、私は……

「……ラ、ミラ！」

「……スピカ？」

少し離れた位置で本の整理をしていたはずのスピカが、私の両肩を掴んでいた。いつの間に移動したんだろう。全く気がつかなかった。

私がまだぼんやりしていると、スピカはそのまま私の肩を揺さぶる。

「なんなのよ、食べものの話しながらニマニマしてたかと思ったら、急に真顔になって黙り込んで……」

「あ……ごめん」

「呼んでもすぐ答えないし……どこか悪いのかと……！　っ、ほら早くしてよ、お昼も何か作ってくれるんでしょう」

スピカは私のことを心配してくれたようで、必死の形相《ぎょうそう》になっていた。けれど急に顔を背《そむ》けてスタスタと歩き出してしまう。

だけど私には見えた。あちらを向く瞬間、ほんのり桃色に染まった彼女の頬が。

「ふふ、心配してくれてありがとう、スピカ！　今日はお母さんがたくさんパンを焼いてくれたから、うどんじゃなくてパンだけどいい？」

彼女を追いかけながらそう言うと、少し間《ま》を空《あ》けてから、「別にうどんだけが好きなわけじゃないし！」という元気な声が返ってきた。

先を進むスピカを追いかけるようにして孤児院の厨房に着くと、既《すで》にシスターたちが昼食の準備をしていた。

大きな鍋が火にかけられている。きっと野菜スープか何かを作っているのだろう。

教会への寄附金や支援物資で運営されているこの孤児院は、当然のことながらとても豊かな食生活ができているとは言えない。ただ、子供たちは飢《う》える心配をする必要はない。贅沢《ぜいたく》な暮らしはできなくても、今現在の安定した暮らしは保証されているのだ。

「ねえミラ、何を作るの？」

お母さんから預けられたパンが入った籠《かご》を持っている私に、スピカがそう問いかける。

使える材料は限られているし、孤児院でも普段から作れるような、簡単なメニューがいいだろう。

スープは出来上がっているようだから、工夫をするならパンのほう。となると……

「パン・コン・トマテって知ってる？」

スピカに聞いてみると、「は？　何かの呪文《じゅもん》？」という、ある意味予想どおりの返事があった。首を傾げる彼女に、私はその料理の説明をする。

「スペイン料理なんだけど、簡単なんだよ。軽食やおつまみにもいいんだけど。みんな自分で作れるくらい簡単だから、大きい子たちを集めてきてくれないかな？　みんなで覚えて、これからも美味《おい》しいものを食べられるようにしよう」

「わかった、呼んでくる」

スピカは素直に頷いて、駆けていった。

食べものが絡むと一段と素直な気がするのは、気のせいじゃないと思う。美味《おい》しいは正義だもんね。

「あの……エリスさん。すみませんが、トマトとにんにくとオリーブオイルを使ってもいいですか？」

スピカを見送った私は、近くにいたシスターにそう尋ねた。私は宿屋の娘としても、スピカの友人としても、この孤児院に何度もやってきている。だから、勿論《もちろん》シスターとも顔見知りだ。

「ええ、どうぞ。私も是非ミラちゃんが作る、その呪文《じゅもん》料理を食べたいわ」

悪戯《いたずら》っぽく笑うエリスさんに、私も笑顔を返す。

パン・コン・トマテは呪文《じゅもん》ではないけど、まあいいか。

「ミラ！　連れてきたわよ！」

威勢よく厨房に戻ってきたスピカの後ろには、不思議そうな表情を浮かべる六歳から十歳くらいの子供たちが、六人ほどいた。

「じゃあみんな手を洗って、美味《おい》しいものを一緒に作ろう。パン・コン・トマテ……じゃなくて、呪文《じゅもん》パンを！」

「じゅもんパン……？」

急に呼び出された上に、怪しいパンの名を告げられた彼らは、さらにわけがわからないといった顔をしている。それでも少年少女たちは、とりあえず私の指示に従って、手を洗いに行ってくれた。

「スピカもやるんだから、手を洗いなさい」

「……はぁーい」

隅っこでさぼろうとしていたスピカにもしっかりと目を光らせて、渋々手を洗う様子を眺める。

そうして子供たちが準備を終えたところで、私は呪文《じゅもん》パンの作り方をみんなに教えることにした。

まずはお母さんが作ったカンパーニュのような大きな田舎《いなか》パンを、一センチくらいの厚さにスライスして、網目《あみめ》のある鉄板で軽く炙《あぶ》る。

この世界には当然トースターはなく直火《じかび》だから、焦《こ》げないように注意する。

その間、他の子たちにはにんにくの皮を剥《む》いてもらって、シスターにはトマトを半分にカットしておいてもらう。パンがほどよくきつね色になったら、下準備は完了だ。

「いい？ この半分に切ったにんにくを、パンに擦《す》りつけるように……おろし金《がね》みたいにして」

「おろしがね？」

私の説明を聞いて、ひとりの子供が首を傾げた。……そうだ。この国にはおろし金《がね》はない。

「あっ、いやなんでもない。パンの断面にまんべんなくすりすりしてね」

私は誤魔化《ごまか》しながら焼けたパンをみんなに渡して、まずはにんにくをパンに擦《す》りつけてもらう。

「それで次は半分に切ったトマトを、こうやって同じように少し潰しながらパンに擦《す》りつけるの」

私がお手本を見せると、子供たちはそれに倣《なら》う。

にんにくとほとんど同じだからか、既《すで》に子供たちは慣れた様子だった。

「そうそう、みんな上手！　ほらスピカもやってみて」

「なんか既《すで》にいいにおい！　ガーリックトーストっぽい」

スピカも目を輝かせながら、トマトをパンに擦《す》りつけている。

トマトの果肉がパンにのって、ほんのり赤くなったら、もうほとんど完成だ。

「あとは、オリーブオイルをかけて、塩をぱらぱらっと振りかけたら、もう完成だよ」

「簡単だね。ボクにもできた！」

「美味《おい》しそう……！」

シンプルなパンだけど、食欲をそそるにんにくの風味《ふうみ》、トマトの酸味とオリーブオイルのまろやかさ、そして塩味がアクセントになって芳《こう》ばしく焼かれていて、とても美味《おい》しいのだ。

各々《おのおの》で自分の分を作って、終わったら他の子の分も作る。

最初は恐る恐るといった様子だった彼らも、すっかり楽しそうだ。

みんなで作り終わった頃には、ダイニング中ににんにくの香りが広がって、誰のものかわからないお腹の音が聞こえてきた。

「じゃあみんな、ご飯にしましょうね」

ぱん、と手を打って、エリスさんが言う。その声に、わかりやすくみんなの表情が明るくなった。

そうして食卓に並べられた呪文《じゅもん》パンとスープは、あっという間にみんなの胃袋におさまることになったのだった。


それからひと月ほどして、収穫祭の日が近づいてきた。

この町では秋になると、農作物の豊作を祝う祭りが行《おこな》われる。その期間にはいたるところに露店《ろてん》が出る。まさに、日本のお祭りのような感じだ。

もう既《すで》に町はお祭りムードだ。他の町からも人がやってくるので、お父さんは宿屋にもたくさんのお客さんが来ることに備えて、うどんのスープをいつもの倍は仕込んでいる。

最近はお客さんの八割がうどんを注文するので、食堂のうどん屋化はますます進んでいる。

新たにメニューに加わった、キノコの餡《あん》かけうどんも好評だ。キノコたっぷりのとろりとした餡《あん》をまとったうどんは熱々で、麺《めん》に絡んだキノコの濃厚な風味《ふうみ》が楽しめる。

また、細かく砕《くだ》いた唐辛子《とうがらし》を小さな容器に入れて、うどんに自由に振りかけられるようにしたところ、そのピリッとしたアクセントが、また評判となった。

いわゆる一味唐辛子《とうがらし》だ。胡麻《ごま》も混ぜているので、正確には二味だけど。

唐辛子《とうがらし》をかけすぎて悶絶《もんぜつ》している人もいたようだけど、その辛味に夢中になり、スープが真っ赤になるほど振り入れて、自分の限界に挑戦する人も続出していた。

……乙女ゲーム世界にも激辛好きは存在するらしい。

そして、もうひとつ変わったことといえば、うちの宿屋にもうひとり、厨房で働く人が増えたことだ。

流石《さすが》に今の人数のお客さんを私たちだけでは捌《さば》ききれなくなったため、お父さんの調理補助として私より七つ歳上のお兄さん、イザルさんを雇《やと》ったのだ。

イザルさんは元は旅人らしいが、うちのうどんにいたく感動して弟子入りを志願してきたそうで、お父さんとしても渡りに船だったそう。

『イザルです。これからお世話になります』

お父さんとの面談を終え、私とお母さんにそう頭を下げたイザルさんは、碧色《みどりいろ》の目を細めて、人懐っこい笑みを浮かべていた。

——そして、私はというと。

「まあミラ、たくさん作ったわねえ」

「うん。レモンをたくさんもらったから、今のうちにいろいろ作っておこうと思って」

作業の手を止めずに、私はお母さんに頷いた。この町の特産品のレモンは、今年も豊作だったようだ。

宿屋に届けられたたくさんのレモンのうち、一部は私が自由に使っていいと言われたため、現在は両親とイザルさんがいる厨房で、夢中になって仕込みをしている。

私の分のレモンの半分は皮ごと厚めの輪切りに、もう半分は皮と果肉に切り分けた。

輪切りにしたレモンは、塩と交互に瓶《びん》に詰めて保存して、塩レモンにする。

皮は砂糖で煮詰めて一晩乾燥させたらレモンピールになるし、果肉は砂糖でふつふつと煮たらジャムになる。生のままだと腐ってしまうけど、こうして保存しておけば日持ちするのだ。

「ミラはどこでこんなこと覚えたの？」

お母さんの問いかけに、びくりと肩が跳《は》ねる。私はしどろもどろに答えた。

「あ……えーと、旅の人がいろいろ教えてくれたの。試してみようと思って」

「ふふ、そうなのね」

私の回答は明らかに怪しいのに、お母さんはそれ以上追及しない。それは、お父さんも同様だ。

いつかは話したほうがいいのだろうか。私の記憶のことを。

私が悶々《もんもん》としていると、イザルさんが私の手元を覗《のぞ》き込《こ》んできた。

「ミラちゃんはすごいね。俺、弟子入りしたいな」

「イザルさん……そんなことないです」

私は眉尻を下げながら、首を横に振る。

いろいろと悩みながらも作業に没頭《ぼっとう》してたくさんの塩レモンとレモンピール、それからレモンジャムができた頃。

お父さんたちの仕込みも終わって、ようやく私たちは眠りについた。

「……ねえミラ、お願いがあるんだけど」

収穫祭が明日に迫ったその日。

うちにやってきたスピカは、どこかもじもじとしていた。

最近のスピカは、孤児院でもシスターの手伝いをするようになったと聞いている。

特に呪文《じゅもん》パンはみんなでよく作るようになり、孤児院の定番メニューとなったようだった。

トマトがない日はガーリックトーストを作ったり、みんなで工夫しているらしい。

あのときは材料が限られていたからシンプルなパンにしたが、特別なとき――例えば収穫祭のときなんかは、とろけたチーズをかけたり、いろいろと具材をのっけてもいいかもしれない。

孤児院にもパン焼きかまどはあるから、そこでピザを作っても……と、また料理方面に行きかけていた思考を慌《あわ》てて元に戻す。今はスピカの話を聞かなくては。

「どうしたの？　改まって」

「ちょっと、教えてほしいんだけど……あの、クッキーの、作り方を」

「クッキー……あ、収穫祭でのバザー用の？　スピカも作るの？」

私の問いに頬を赤らめながらも、スピカはこくりと頷く。

以前までの彼女は、クッキー作りには参加していなかった。

そう考えると、彼女の成長を感じて、私の頬は緩んでしまう。

「ちょっと、にやにやしないでよ！　恥ずかしいじゃん」

「ええー？　そんなに照れなくてもいいのに。いつか王子様に会ったときのために、クッキーを作れるようになりたいんでしょ？　協力するよ」

スピカがお菓子作りに興味を持ってくれたのは、素直に嬉しいのだ。

けれど、スピカは不貞腐《ふてくさ》れたような顔だ。

「でも、この前はクッキーを王子様に渡すなんてフケイザイだって、ミラが言ってたから……」

それで気まずそうにしているのかと、得心する。

「それはスピカが、何もしなくてもイベントどおりに事が運ぶと思ってるみたいだったから、忠告しただけだよ。スピカの意思で王子様を好きになって、スピカの意思で頑張って作ったクッキーを渡すんだったら、何も問題はないと思うよ？　不敬罪になるかどうかは、スピカの振る舞い次第だと思うけど」

あのヒロイン補正を信じていたスピカが、自主的にクッキー作りを練習しようと言うのだ。それを否定する理由は私にはない。何より、どうせ渡すのだったらとびきり美味《おい》しいクッキーを作って、おそらく先に食べるであろう王子様の毒味係をびっくりさせてやりたい。

「……よし、スピカ！　せっかくだから、すっごく美味《おい》しいクッキーを作れるようになろうね！　びしびしいくよ！」

「な、なんか怖いわね……」

若干引き気味のスピカは置いておいて、私は早速《さっそく》、今ある材料でできるクッキーのレシピを考えることにした。

幸いにも農業が盛んなこの町では、ミルクもその加工品のバターも作られている。

卵、バター、砂糖、小麦粉。一通り揃っているから、材料は問題ない。

「あとは……」

収穫祭らしさを出すために、ひと工夫しようっと。

私は貯蔵庫へ行くと瓶《びん》を取り出し、籠《かご》に詰めた。そして、スピカを連れて宿を出る。

うちの厨房はお昼時で大忙しなので、別の場所に行かなければならないからだ。イザルさんのおかげで、うちの厨房は大分《だいぶ》余裕が出たらしい。だから、私のお手伝いは今日はお休みだ。

「それ何？」

私が持っている籠《かご》の中身が気になったのか、スピカは不思議そうにしている。

その表情は相変わらず美少女すぎる……と思いながらも「レモンピールだよ」と答えると、その可憐《かれん》な顔の眉間《みけん》に皺《しわ》が寄った。

「全然答えになってない。何それ？」

どうやら伝わらなかったようだ。私はなるべくわかりやすい言葉を探して説明する。

「えーと、レモンの皮を砂糖で煮詰めて、乾かしたもの。ドライフルーツなんだけど。刻んでクッキーに入れたら美味《おい》しいと思って持ってきたの。レモンはこの町の特産品だし」

「……ふーん？」

彼女はまだ怪訝《けげん》な顔をしている。食べたことがないのかもしれない。

私は瓶《びん》の中からレモンピールを一本取り出し、スピカに手渡した。それを受け取った彼女は、すぐにぱくりと口へと運ぶ。

「……甘いけど酸味があって、後味はちょっと苦いのね。何これ、美味《おい》しい……！」

「レモンをいっぱいもらったから作っておいたの。こうしたら暫《しばら》く食べられるから」

「食べ出したら止まらなくなりそう。もうひとつ欲しいな……って、ねえミラ！　わたし太ってきてない!?　なんだか最近食欲が止まらないんだけど」

私の話を目を輝かせて聞いていたスピカは、突然必死の形相《ぎょうそう》になる。

「ああ～、うん……まあいいんじゃない。食欲の秋だし」

私が視線を逸《そ》らしながら言うと、スピカは眉根を寄せる。

「え！　何よ、その間《ま》は！　正直に言ってよ！」

「とても健康的でいいと思うよ」

「それってフォローする言葉じゃん！」

彼女の悲痛さを含んだ叫びに、私は少し苦笑した。

確かに、最近のスピカはよく食べる。あの夜食生活を続けていたら、お互いによくない未来がうっすら見えてきたため、このあたりで釘を刺しておくことにした。

本当にこのままだと、以前懸念《けねん》していた丸々としたヒロインになりかねない。

王子にクッキーを渡して不敬罪、とか言っている場合ではない。

悲愴《ひそう》な顔で「痩《や》せなきゃ……」と呟く彼女に、私はひとつ注意する。

「あ、でも、ご飯を抜くダイエットはダメだよ。私たちまだ八歳なんだから、今からご飯を抜いてたら成長が止まっちゃう」

するると、彼女はがばりと顔を上げた。

「で、でも……わたしはヒロインなのに……」

「夜食を食べるのをやめたらいいだけなんだけど」

「うっ」

当たり前のことを言っただけなのに、スピカはこの世の終わりのような顔をする。

「間食《かんしょく》は控えて、体を動かす。これが基本でしょ」

私はそう言いながら、背徳《はいとく》の釜玉《かまたま》うどんを幸せそうに食べていたスピカの顔を思い出す。

すると、ふいにあの腹ぺこ兄弟のことが頭に過《よぎ》った。

（また、食べに来てくれたらいいなぁ）

私にとっては、スピカを除いて初めて自分だけで作った料理を出したお客様だ。

すごく幸せそうにご飯を食べてくれたあのふたりが、いつかまた来てくれたら嬉しい。

そんなことを考えつつ、見るからに気落ちしているスピカと並んで歩く。

本当は、そこまで気にするほど彼女の体形に変化はないが……白馬の王子様を待つ彼女のために、心を鬼にして真実は黙っていることにした。

暫《しばら》く歩いて私たちが到着したのは、孤児院だ。早速《さっそく》キッチンを借りて、クッキーを作った。

「スピカ……これでヒロイン補正はないってことがわかったね」

「ううっ、言わないでよ……！」

スピカが作ったクッキーは、もはや『クッキーだった何か』としか言いようがない、真っ黒な物体へと変貌《へんぼう》を遂《と》げていた。

最初に私と一緒に作ったときは、レモンピール入りの美味《おい》しいバタークッキーができたのだけど。

『思ったより簡単じゃない。やり方はわかったから、次はひとりでやってみる！』ミラは何も言わないでよ？』とスピカは自信たっぷりだったが、今はすっかり意気消沈《いきしょうちん》している。

クッキー作りにおけるヒロイン補正というものは、当然存在していなかったようだ。バターに砂糖をすり混ぜて空気を含ませるという段階から生地《きじ》をこぼしたり、粉をふるい入れるときに周囲を粉まみれにしたりと、口を出さずにいるのも大変だった。

それに、今使っているオーブンは現代のものと違って火を扱うため、加減が難しく、うっかりするとすぐに焦《こ》げてしまう。

「ミラがやると簡単そうに見えるのに。……どうしよう。こんなクッキー、絶対に受け取ってもらえないじゃん。あ……ミラのクッキー美味《おい》しい」

スピカは恨《うら》みがましくそう言いながらも、手ではしっかりと綺麗なほうのクッキーを掴み、そのままさくりと口に運んだ。流れるような所作だ。

「お菓子作りは慣れも大事だからね。やっぱり、練習あるのみだよ。大丈夫、スピカもできるようになるって。まずは誰かのために作ろうって思う気持ちが大事だもん」

そう告げると、二枚目のクッキーを食べていたスピカは、大きな瞳をうるうるさせながら私を見た。

「ミラ……。決めた！　わたし、この町を出るまでに、絶対にミラから合格点をもらえるクッキーを作れるようになるから！」

「うん、その意気だよ。楽しみにしてるね」

三枚目、四枚目のクッキーをしっかり両手で確保しながら闘志《とうし》を燃やすスピカを、微笑ましく思う。

「じゃあ、その気持ちを忘れないうちに、早速《さっそく》もう一回作ってみよう……一旦、食べるのはやめてね」

さらにお皿へと伸ばされたスピカの手を笑顔でぱしりと掴むと、悲痛な表情が返ってきた。

——それから私によるクッキー作り講座は、日が暮れるまで続いた。

終わった頃には、最初の黒焦《くろこ》げクッキー同様、スピカもすっかり燃え尽きていたのだった。

◇閑話　宿屋の娘

にぎやかだった収穫祭を終え、小さな町に静けさが戻ってきた、ある日のこと。

「みっ、ミラ！」

家の手伝いをしていた農家の少年カイトスは、見慣れた茶髪の少女が家の前の道を歩いているのを偶然見つけて、声をかけた。少し声が上擦《うわず》ってしまった気がするが、当の少女はそんなことは全く意に介さずに「こんにちは」と人のいい笑顔を向けてくる。

少女の肩の長さの茶色の髪が風に揺れる。それが視界を遮《さえぎ》って邪魔だったのか、彼女は顔の前に垂れた髪をそっと耳にかけた。

カイトスはミラのその仕草に、何故かどきりとしてしまう。

孤児院のスピカのように、お人形のような飛び抜けて美しい顔立ちというわけではない。

だけど、ミラの少し垂れ目な青い瞳は優しそうで愛らしいし、何より毎日健気《けなげ》に宿屋の看板娘として頑張って働いていることを、この町の住民ならみんな知っている。

最近は、彼女も厨房に立っているらしい。

料理ができて、優しくて穏やかなミラを、将来の結婚相手にと考えている者は少なくない。

かくいうカイトスも、そのひとりだ。

まだ八歳で気が早いと思うところだが、ここは田舎《いなか》の小さな町。

ここに住む大体の人々は、この町で一生を過ごす。

そのため、結婚相手探しは早い者勝ちという状態なのだ。

最初は華やかなスピカに惹《ひ》かれたものだが、気付けばミラを目で追うようになっていた。

うちの親父だって、『ミラちゃんが嫁に来てくれたらなぁ～……いや、その場合はカイトスが婿《むこ》入《い》りだな！　がっはっは！』とよく言っているし……と、誰が聞いているわけでもないのに、カイトスは心の中で言い訳をする。

それになんだか最近、彼女は以前よりもさらに落ち着いていて、大人っぽいのだ。

どきどきと胸を高鳴らせるカイトスのことなど知らず、ミラは笑顔で話しかけてくる。

「カイトスはおじさんのお手伝い？　私もおつかいに行くところなの」

「そ、そうか。うん。俺も親父の手伝い。今日はじゃがいもがいっぱい採《と》れたから、あとで宿屋に持っていくって言ってたぞ」

「へえ、そうなんだ！　じゃがいもかあ〜。どんなお料理がいいだろう。シンプルに蒸してバターをのっけてもいいし、フライドポテトもいいよね」

「ふらいど？」

聞き慣れない単語にカイトスが首を傾げると、ミラは唐突に目を泳がせた。

「あ、えーっと、じゃがいもを切って油でじゅっと揚《あ》げるの。外はカリッとしてて、中は熱々のほくほくで美味《おい》しいよ」

「アツアツのホクホク……」

ミラが言う未知の食べものを頭に思い浮かべて、カイトスは思わずごくりと唾《つば》を呑む。

そういえば、昼食がまだだった。そう考えると、お腹が空《す》いてきた。

料理の話をするときのミラはいつも楽しそうで、キラキラしている。

そんなミラを見ていると、カイトスはぼうっとして、そしてやっぱりお腹が空《す》くのだ。

ミラは笑みを深めて、さらに話し続ける。

「ほくほくコロッケもいいし……あ、醤油《しょうゆ》があるなら肉じゃがもありかも。ねえ、カイトスはどんなじゃがいも料理が好き？」

「すっ、好き⁉」

考えごとをしていて半分話を聞いていなかったカイトスは、最後の単語だけ聞き取って盛大に狼狽《うろた》える。

一方のミラは、顔を真っ赤にして慌《あわ》てるカイトスを見て、首を傾げた。

カイトスは不思議そうな彼女を見つめながら、思い切って口を開く。

「みっ、ミラ！　おおおお、俺もっ、す……」

「おぉ～い、ミラちゃーん」

カイトス少年の思考が変な方向に振り切れたとき、ミラを呼ぶ間延《まの》びした声が間に入ってきた。

——その声の主《ぬし》は、宿屋に新しく入ったイザルである。

十五歳のイザルはカイトスより随分《ずいぶん》と背が高く、旅人だったというだけあって、この町の人よりも垢抜《あかぬ》けて見える。彼が宿屋に雇《やと》い入《い》れられたと知ったとき、カイトスたちはざわついたものだ。

「イザルさん。どうかしましたか？」

ミラが尋ねると、イザルは爽《さわ》やかな口ぶりで、自然に彼女とカイトスの間に入ってくる。

「俺も勉強のために、ミラちゃんについていこうと思って。一緒に行ってもいいかな？」

「ええ、どうぞ」

ミラはにこやかに頷いた。カイトスはその様子を、面白くない気持ちで見つめる。いけすかないやつだ。

「じゃあカイトス、またね！」

「あ、ああ……」

笑顔で手を振るミラに、カイトスも力なくではあるが手を振り返した。

こちらに背を向けて歩き出すふたりをぼんやり眺めていると、ふいにミラの隣を歩いていたイザルが振り向いて、カイトスのほうへと駆けてくる。

「ええと、君は……カイトスくん、だっけ」

「……そうだけど」

イザルはミラの前で見せる顔とは異なる、冷えきった表情を見せた。

尤《もっと》も、カイトスだってそれは同じだ。あとからこの町に来て、宿屋の従業員というミラに一番近い位置におさまったイザルには、正直に言って敵意しかない。

年上で自分より身長も高いし、顔も負けてるけど。嫌いなものは嫌いだ。

せめて気圧《けお》されないようにと、カイトスは負けじと真っすぐにイザルと視線を交《か》わす。

すると彼は、ふ、とその口から笑みをこぼした。

――その仕草がカッコいいなんて、思ってないからな。

カイトスは、心の中でそう呟く。

「――ミラちゃんは、ダメだからね。じゃあね～」

笑顔でそう言い残して去っていくイザルの後ろ姿を見て、カイトスは思う。

やっぱりアイツ、いけすかねぇ、と。

三　この日が来たらしい

あっという間に二年の月日が経ち、また秋が深まる季節が訪れた。

そして、私が前世の記憶を思い出してから、三度目の収穫祭の日がやってきた。

この年の春、私は十歳になった。そして、スピカも先日、誕生日を迎えたばかり。

二年間でうちの宿屋は大分《だいぶ》名前が売れ、この街道沿いでうどんといえば『星屑亭』と言われるようにまでなっているらしい。

旅人たちが満足そうに釜玉《かまたま》うどんを食べながら、そう教えてくれた。

宿屋の食堂は改築して、少しだけ広くなり、イザルさん以外の従業員も増えた。

うどんの麺《めん》を自家製から仕入れに切り替えたことで、作業の効率も上がった。

町の北の食堂の主人であるフレディさんが作る麺《めん》は、喉越《のどご》しがよく、ちょうどいい歯《は》応《ごた》えなのだ。美味《おい》しい麺《めん》になったことで、ますます食堂は繁盛《はんじょう》した。

私は相変わらず宿の手伝いをしていて、今日は屋台を出すための準備をしている。

「ミラちゃん、鉄板の準備ができたよ」

すっかり宿屋に馴染《なじ》んだイザルさんが、そう報告してくれる。厨房でお母さんと一緒にタレを作っていた私は、その場所へと行ってみることにした。

「わあ、すごい人ですね」

私はイザルさんの後ろをついていきながら、町の広場に到着するなり人の多さに驚きの声をあげた。明確に記憶のある収穫祭の中でも、最も人出が多い気がする。

既《すで》にお祭りは始まっており、今日から二日間、みんなで今年の豊作を祝うのだ。

収穫祭のメインの場所である広場には、たくさんの出店が並んでいる。

その一角に、うちの宿屋『星屑亭』の名が書かれた看板が置いてあった。四角く区画された二坪程度の場所に、横長で幅が一メートルほどの鉄板が設置されている。後ろには簡易的な調理スペースもあり、四人くらいなら同時に作業ができそうだ。

うちの宿屋のスペースでは、従業員のみんなや、孤児院から手伝いに来てくれた子供たちが、忙《せわ》しなく働いている。

「イザルさん、準備大変じゃなかったですか？」

私が尋ねると、イザルさんは微笑む。

「ミラちゃんのお役に立てれば何よりだよ。例の……えっと、焼き鳥と焼き肉、だっけ。あれ本当美味《おい》しいもんね……」

そう。この国には焼き鳥と焼き肉がなかったので、今回はそれらを売ることにしたのだ。

既《すで》にこの前、試作品を食べたイザルさんは、うっとり夢見心地《ゆめみごこち》だ。

焼き鳥は甘辛《あまから》い醤油《しょうゆ》のタレ味が特にお気に入りらしく、試作品だというのにひとりで何本も食べて、お父さんに怒られていた。それを思い出し、私はついつい笑ってしまう。

「お肉の仕込みも終わっているので、もういつでも大丈夫ですね。お父さんとスピカたちが来たら、焼き始めましょう」

私が言うと、イザルさんは頷いてくれる。

「そうだね～。じゃあ俺は、その間に火をおこして準備しておくよ」

「よろしくお願いします」

イザルさんに手を振って、私は宿屋に戻る。

再び厨房でお母さんと共にタレを準備していると、食堂のほうから私の名前を呼ぶ声がした。

「あ、ミラ！　見てこれ、すごく上手に焼けたの！」

食堂へ行くと、スピカが得意げに小さな紙包みを掲《かか》げていた。走ってきたのか、少し息が切れている。近づいてみると、彼女からはバターの香りがした。

スピカががさがさと広げた新聞紙のような紙の中から出てきたのは、綺麗なクリーム色のクッキーだ。ところどころにレモンピールの黄色い粒《つぶ》が見えて、とても美味《おい》しそうにできている。

「ひとりでもできるようになったのよ！　見て、色もちょうどいいでしょ？　もう焦《こ》げてないんだから」

そのクッキーを一枚もらって食べると、口の中でさっくりと崩れ、噛むたびにレモンの爽《さわ》やかな味が広がった。文句なしに合格点だと、私はにっこり笑う。

「……うん、美味《おい》しいよ、スピカ！　これなら毒味係も驚くと思う」

「でしょう！　……って、なんでまだ毒味係止まりが前提なのよ！　わたしは絶対に王子様に食べさせるんだから」

「不敬罪……」

無理やり王子に渡そうとしたら、捕まる可能性もある。

私がじとっと見つめると、スピカは少しのけぞった。

「だ、大丈夫よ。シスターに習ったとおり、きちんとお行儀《ぎょうぎ》よく、礼儀正しく、合法的に食べてもらうわ」

合法的に、という表現が不穏《ふおん》ではあるのだが、二年前にあの炭《すみ》のようなクッキーを渡そうとしていたことを考えると、ものすごい進歩だ。

あのスピカが今ではレモンピールまで自作して、それを販売することで孤児院の生計を助けているというのだから、なんだか感慨深《かんがいぶか》い。

それに、彼女はあれからシスターに教えを乞《こ》い、礼儀作法やマナーの勉強も始めた。空《あ》いた時間に字を書く練習もしている。

『何もできないのに王子にまとわりつくヒロインは貴族社会では爪弾《つまはじ》きされて、ざまあされるよ』と、事あるごとに忠告したのが効いたのかもしれない。

スピカは『ざまあ』という単語を聞くと、背筋がぴんっと伸びるようになった。パブロフの犬のようだ。

そして、『ひとりじゃ頑張れない……』と美少女が大きな瞳を潤《うる》ませて言うものだから、私も一緒にマナーなどの特訓をさせられることになってしまった。

だけど、できることが増えて将来を損することはないから、ありがたく同行させてもらっている。

彼女のこの二年間の成長を噛みしめずにはいられない。同い年なのに。

「スピカ、今日はきっととても忙しくなるから、売り子さんよろしくね」

クッキーを食べ終えた私は、スピカにそう声をかけた。

スピカは、うちの出店の売り子として参加してくれるのだ。

「勿論《もちろん》。わたしが全部売《う》り捌《さば》いてやるわ。……あ、でも、わたしの分は残しておいてよ？焼き鳥のタレと塩、焼き肉も全部の種類のタレが食べたいんだから」

「はいはい。わかってるってば」

私が思わず苦笑すると、スピカはどこか遠くを睨《にら》みつける。

「イザルさんが一番のライバルね。あの人、ミラが作ったもの、なんでも先に食べちゃうんだから……」

……成長を感じたところで、またこれだ。

逆ハーを目指していたはずのヒロインは、いつの間にか、食いしん坊ヒロインになってしまったらしい。

当のスピカはいたって真剣な顔で、どうやったらイザルさんより先に美味《おい》しいものにありつけるかブツブツと言いながら、戦略を練《ね》っている。

一応、体形の管理も頑張っていて、すらりとした体形を保っているようなので、いいけれど。

「じゃあそろそろ出発するか」

厨房から出てきたお父さんは、大きな荷物を抱えている。その中に、たくさんのお肉やタレが入っているのだろう。

私も自分用の籠《かご》に必要なものを詰めて、お父さんとスピカと共に広場に向かった。

「じゃあ、イザル。それに、ミラとスピカ。頼んだぞ。俺とマーサは食堂の営業があるから、お前たちが頼りだ」

広場の出店でみんなで開店の準備を整えたあと、お父さんは順番に私たちの顔を見て、笑顔でそう言った。

「うん。頑張るね」

「任せて、カファルさん。わたしがお客さんをばしっと捌《さば》いてやるわ！」

「はーい、いっちょ頑張ります」

三人で思い思いにお父さんの言葉に答える。

お父さんは「何かあったらすぐ連絡しろな」と言い置いて、宿屋に戻っていった。

私は、出店の中をぐるりと見回す。

材料よし、配置よし。鉄板もすっかり温まっている。

「じゃあ早速《さっそく》、どんどん焼いてっちゃおっか」

イザルさんのその言葉で、出店版『星屑亭』は、開店の瞬間を迎えた。


――じゅうじゅうと、お肉が焼ける音がする。

醤油《しょうゆ》味の甘辛《あまから》ダレが鉄板に触《ふ》れるたび、ジジジと焦《こ》げて、なんとも言えない芳《こう》ばしいにおいがあたりに広がった。

「ミラちゃん、タレはまだある？」

「はい、まだ大丈夫です」

「やばいのは肉のほうかぁ。焼き鳥も焼き肉も、すごい売れ行きだね」

額《ひたい》に滲《にじ》む汗を拭《ぬぐ》いながら、イザルさんは笑顔を見せる。

広場でお肉を焼き始めると、うちの出店にはあっという間に人だかりができ、お肉は飛ぶように売れていった。お肉の香りは胃袋に直接作用する気がするから、仕方がない。

焼き鳥はタレと塩味が選べるようにしているし、焼き肉は一度玉ねぎで作ったタレに漬《つ》け込《こ》んでから焼いた上で、にんにく醤油《じょうゆ》と味噌《みそ》ダレ、それから塩レモンのタレの三種類を作っているから、飽きが来ないらしい。

私も前世で焼肉店に行ったときは、醤油《しょうゆ》、味噌《みそ》、レモンダレの無限ループで、心ゆくまでお肉を堪能《たんのう》したものだ。

鉄板の空《あ》いたスペースでは農家の人に分けてもらったじゃがいもをスライスして焼いて、お肉の添えものとして提供している。

アルミホイルがあれば、包み焼きができるのにと、私的には少し悔《くや》しいのだけれど、来たお客さんがみんな笑顔で帰っていくので、それは嬉しい。

明らかに二回目だと思われるお客さんがまた並んで買ってくれることもあって、大満足だ。

「はあ～暑いなぁ。でも、みんな美味《おい》しそうに食べてくれてよかったね」

ずっと鉄板の前でお肉を焼く係をしているイザルさんは、後ろでお肉を串《くし》に刺す係の私よりずっと疲れているはずなのに、その口ぶりは爽《さわ》やかで、疲れを感じさせない。

以前から思っていたことだが、イザルさんはとても体力があり、そしてとても器用だ。お肉をくるくると回して連続で焼きながらも、どれも焦《こ》がすことなく最高の焼き上がりで、お客さんに提供している。

お父さんが「イザルがいれば大丈夫だろう」と臨時店長に太鼓判《たいこばん》を押したとおり、彼はとても手際《てぎわ》がよかった。

とはいえ、長時間火の前にいるのは流石《さすが》に大変だろうと、私は休憩のためにイザルさんに飲みものを差し出す。

「イザルさん、これをどうぞ」

「あ、お水？　ありがとう、喉《のど》が渇《かわ》いてて……何これ、レモン？　すごく美味《おい》しいね」

あっという間に飲み干したイザルさんからグラスを受け取り、私は同じものをまた作って手渡す。

「レモンジャムを溶かしたジュースです。ずっと火の番をしていると疲れると思うので、甘いものでひと休みしてください」

「これいいね、最高」

炭酸水と氷があれば、きりりと冷えたレモンソーダができるだろうけど、今はこのレモンジュースで十分。水分をしっかり摂《と》らないと、倒れちゃうかもしれない。

「イザルさーん、焼き鳥のタレを五本お願いします！」

二杯目のジュースを飲んでいるイザルさんに、スピカの元気な声が届く。

店先に立ち、ちゃきちゃきと客を捌《さば》く彼女は、もはや接客の達人と化していた。

そんなスピカに、イザルさんも大きな声で答える。

「りょーかい！　ミラちゃん、飲みものありがとね、またやる気出た」

「あと一時間くらいしたら、もう準備したお肉がなくなりそうなので、それまで頑張りましょう」

そう言いつつ私が気合いを入れ直すと、さらに注文が飛んできた。

「ミラ、焼き肉レモンダレ二人前追加ねー！　あとその飲みもの、わたしにもちょうだい！」

どうやらきりきりと接客しながらも、スピカはレモンジュースをしっかり見ていたらしい。

スピカだけじゃなく、働いているみんなも休憩が必要だ。手早く人数分のジュースを作った私は、彼女に「はーい」と返事をする。そしてまた、忙しく働き出した。

それから小一時間すると、用意したお肉は全てなくなってしまった。

明日用に仕込んでいた分も宿屋から追加で持ってきてもらっていたが、それも完売した。

残念がるお客さんに頭を下げながら店じまいをしたところで、ようやくひと息つくことができた。

「流石《さすが》に疲れたわ……」

ベテラン売り子のスピカも、ぐったりとしている。

「もう焼けねぇ……」

イザルさんも屋台の後ろにあるベンチで力なく横になった。

私もこれでもかというほど、延々とお肉を串《くし》に刺し続けていたため、手のひらがじんじん痛む。

孤児院の子供たちや、宿屋の従業員たちもみんな、燃え尽きたように椅子に座り込んでいた。

これから片付けをして帰らないといけないと思うと気が重いが、広場でいつまでもこうしているわけにはいかない。私だって今すぐ帰ってベッドにダイブしたいが、仕方がない。

「じゃあ、頑張って片付けましょう」

私が声をかけると、イザルさんは「そうだね、もうひと踏ん張り……」と言って、売上げ金と荷物を持って一足先に宿屋に戻っていった。お金を私が扱うのは心配だったから、非常に助かる。

他のみんなも重い腰を上げて最後の片付けを始めた。少しずつ手分けして荷物を宿屋に運んでくれている。

「うう、わたしまだお肉食べてないのに……」

スピカは悔《くや》しそうに言って、のそのそと動き出した。

お手伝いしてくれたみんなの分のお肉は、あとで振る舞おうとお父さんたちと決めていたから、宿屋に戻れば食べられる。そういえば、それをスピカにまだ伝えていなかった。

「ねえスピカ、実は――」

「……もう終わってしまったのか⁉」

私が言いかけたところで、そう呟くお客さんの声がする。

声のしたほうに顔を向けると、空《から》の鉄板がぽつんと置いてあるだけの屋台の前で、ふたり組が呆然《ぼうぜん》としていた。

どうしたのだろうと、私はふたり組のもとに向かう。

火が落ちたあとでもまだ少し温かい鉄板からは、ほのかにお肉の残り香がした。

「ミラ、わたしこれ持っていっとくから」

「あ、うん。わかった。そっちの籠《かご》は私が自分で持って帰るね」

声をかけてくれたスピカに振り返って返事をしたあと、私はそのふたり組に、深々と頭を下げる。

「ごめんなさい。もうお肉がなくなってしまったので、お店は終わりなんです」

「っ！　そうですか」

「終わり……？」

ふたりともフードを被《かぶ》っているせいで表情はよく見えないが、その声色《こわいろ》から落ち込んでいることは伝わってきた。

私と同い年くらいの少年の肩は上下している。息が切れているようだ。

もしかしたら、ここまで走ってきてくれたのかもしれない。

だけど本当に、今ここには売れるものが何もない。

申し訳なく思っていると、俯《うつむ》いていた少年が顔を上げた。

「そうだ！　明日はやるのか？　明日なら間に合うはずだ」

「ごめんなさい、明日の分まで材料が終わってしまって……明日はお休みになるかもしれません」

この少年を、どこか見たことがある気がする。そう思いながら答えると、フードのふたりは揃ってよろりと一歩あとずさった。

「……セイ、だから俺は早く行こうと言ったのに！」

私と同い年くらいの子がそう叫び、お兄さんらしき人がたじろいでいる。

「し、しかし、出発するには万全の準備ができていなかったのです。仕方がありません」

「だが、あいつが自慢げに綴《つづ》っていた、ヤキトリやヤキニクなるものが食べられないんだ。セイだって悔《くや》しいだろう！」

「それは……そうですね。彼は文才があるのではないでしょうか。料理については必要以上に細かい描写で、読んでいるだけでお腹が空《す》きましたね」

「全くだ」

ふたりで言い争う様子をぼうっと眺める。どうやら兄弟喧嘩《げんか》のようだ。

お兄さんの準備が遅れたから間に合わなかったと、弟が責めているんだろう。そんなに楽しみにしてくれたらしいふたりにお肉を提供できないことが、本当に心苦しい。

何かできることはないだろうか、と考えながら、私は残された籠《かご》の中を覗《のぞ》き込《こ》んだ。

私の手持ちは、この籠《かご》の中のものだけだけど、レモンジャムとおやつ用のレモンピールは入っている。

「あの……今はこんなものしかないですけど、よかったらどうぞ」

走ってきたなら喉《のど》が渇《かわ》いているだろうからと、私はふたりにあのレモンジュースを差し出した。マドラーがわりにレモンピールも添えてみる。

お肉を食べに来たのだから肩透《かたす》かしを食らった気分になるかもしれない。

私は内心ドキドキしていたが、その心配をよそに少年はそれを受け取ると、何度かぐるぐるとレモンピールで混ぜたあと、躊躇《ためら》いもせずに一気に飲み干した。

「っ、レオ！」

それを見たお兄さんが咎《とが》めるような声をあげるも、時既《すで》に遅し。当の本人はごくりと飲みきって、フードを少しだけ上げ、笑顔を見せた。

「ミラ、ありがとう。喉《のど》が渇《かわ》いていたから助かった」

「いえ……あれ？　あなたは……」

私はこの人たちに名乗っていないはずだ。思わず身を硬くする。でも、その笑顔には見覚えがある……そこまで考えて、ハッと気付いた。

少年は、変わらずににこにこしている。

「また会ったね。元気にしていた？」

「はい。お久しぶりです。あ、じゃあ……こちらは」

彼の隣の人物に視線を向ける。

すると、やれやれといった表情で弟を見下ろしていたその人は、私を見てにこりと微笑んだ。

「お久しぶりですね。お嬢さん」

私の目の前にいたのは、いつかの腹ぺこ兄弟だった。

こんなに整った顔の人たちはあの日見たきりだから、はっきり思い出せる。

いくつか会話を交《か》わしたあと、ふたりは片付けを手伝ってくれると言った。

置きっぱなしになっていた大きな鉄板をひょいと持ち上げたお兄さんは、「これを宿屋に運べばいいでしょうか？」と私に尋ねる。

「え……でも、お客さんにそんなことをさせるわけにはいかないです。お肉も出せなかったのに」

「いいんですよ。僕らも今日は宿屋に泊まりますので、ついでだと思ってください」

「……では、お言葉に甘えます。ありがとうございます！」

イザルさんやお父さんたちが戻ってくるのを待つよりは、ここでお兄さんの厚意に甘えたほうが早く片付けが終わりそうだ。

早く帰りたい私はそう考えて、厚かましくもお兄さんにお願いすることにした。

鉄板を熱していた薪《まき》はまだ熱を持っていたため、桶《おけ》に入れていた水をかけておく。暫《しばら》くしてから、お父さんに見てもらわなくては。

幸いにもまだ周囲は明るく、他の出店もある。火事になることはないだろう。

それにしても、結構な重さがあるはずの鉄板を軽々と持ち上げるお兄さんは、見た目よりもずっと力持ちのようだ。

「すごいですね、重い鉄板をそんなに軽々と……」

「ありがとうございます。職業柄鍛《しょくぎょうがらきた》えてますので、このくらいは」

力持ちのお兄さんは、受け答えも爽《さわ》やかだ。

その様子に感心していると、肩をとんとんと叩かれる。

「……ミラ、それを貸して」

振り向くと、弟さんが私に手を差し出していた。

それ、という視線の先には、先ほどのジャムの瓶《びん》やらカップやらが入った籠《かご》がある。

これを持ってくれるということなのだろうか。

「え？　でも、これくらいは自分で持てますよ」

「いいから。俺が持つ」

引く様子のない弟さんに私が首を傾げていると、お兄さんはクスクスと笑った。

「お嬢さん。レオにもいい格好をさせてあげてくれませんか」

「っ、セイ！　余計なことを言うな！」

お兄さんがどこか楽しげに言うと、弟さんは顔を真っ赤にして抗議している。

大きな荷物を持つお兄さんに憧《あこが》れて、真似《まね》をしたいのかもしれない。

身長差的に、ふたりは大分《だいぶ》年齢に差があるようだから、同じものは持てなくて当然なのに。

それでもやはり、男の子のプライドのようなものがあるのだろう。

「ふふ。では……お願いします」

仲良しな兄弟の様子を微笑ましく思いながら素直に籠《かご》を差し出すと、レオと呼ばれていた弟さんは、「うん」と満足そうに頷いた。

ようやく宿屋に着いて厨房裏の戸口を開けると、ちょうど扉の向こう側にはイザルさんがいた。

彼は「うわっ！」と言いながら軽く後ろに跳《は》ねる。状況からして、イザルさんは再度広場に荷物を取りに行こうとしていたようだ。扉を開けようとしたときにちょうど向こうから人が来て、驚いたのだろう。

気持ちはわかるけど、驚きすぎのような気もする。

「おや、鉄板を運んできてくれたのか。ありがとうございます。ミラも大変だったな。お疲れさん」

固まったイザルさんの後ろから、お父さんが顔を覗《のぞ》かせた。

「ただいま、お父さん。お肉いっぱい売れたよ」

「ああ、イザルたちからも聞いてる。すごいなあ、ミラ」

お父さんの大きな手が伸びてきて、私の頭をわしわしと撫でてくれる。

頑張った成果が出て、私もとても嬉しい。

思わず笑顔になっていると、お父さんは再び口を開く。

「他のみんなはもう食堂にいるから、ミラもイザルも座りなさい。あなたたちもどうぞご一緒に」

「あ、いえ、僕たちは……」

「いいからいいから。あ、鉄板はその辺に立て掛けといてくれると助かります。さあ、入って入って」

お兄さんは誘いを辞そうとしたが、お父さんがその言葉を遮《さえぎ》った。にこにことしながらも、有無を言わせないお父さんに従って、私たちはぐるりと宿屋の正面の入り口に回り、中に入った。

宿屋の入り口には、『食堂は本日貸切り』とでかでかと書かれた張り紙が掲《かか》げられている。

食堂に足を踏み入れると、四人掛けのテーブルが三つ繋《つな》げて並べられ、ちょっとしたパーティーのようになっていた。

既《すで》に席についている面々は、落ち着かないのかそわそわとあたりを見回している。

「ミラ、こっちこっち！」

そのうち、端のテーブルに腰掛けていたスピカが私に気付くと、手招きしながら私の名前を呼んだ。彼女の隣の席が空《あ》いているため、そこに座れという意味だろう。

「……この人たちは？」

私がスピカの隣に行くと、彼女は怪訝《けげん》な顔で腹ぺこ兄弟を見ながら、小声で尋ねてくる。

確かに見慣れないフードの人たちが急に打ち上げパーティーのような場に現れたら、驚くだろう。

私はスピカを安心させるように、ふたりを紹介する。

「屋台の最後の片付けを手伝ってくれたの。宿屋のお客さんなんだって。前にも泊まってくれて……ほら、スピカも一緒のときに、お兄さんのほうに釜玉《かまたま》うどんを振る舞ったじゃない」

「……ふうん」

スピカが敵意を滲《にじ》ませてふたりを見つめるものだから、その視線に気付いた当人たちは、どうしたらいいか戸惑《とまど》っているようだ。

立《た》ち竦《すく》むふたりに、イザルさんがいつもの調子で声をかける。

「じゃあお客さんは～、弟さんは俺の横で、兄さんのほうはテーブルが足りないから、この椅子を置いて……っと。さあさあ座ってくださいよ」

私がいるテーブルは、左にスピカ、右斜め前に誕生日席のお兄さん、向かいに弟さん、その横にイザルさんという構図になった。

食堂の中には既《すで》に、厨房から芳《こう》ばしいにおいが届いている。

じゅう、という何度目かわからないお肉が焼ける音がし始め、そのにおいがまた食堂まで漂《ただよ》い、みんながごくりと生唾《なまつば》を呑み込み出したとき――

「さあみんな、今日はお疲れ様。たくさん食べてね」

笑顔のお母さんの手によって、お皿にこんもり積まれた焼き鳥が、それぞれのテーブルの上に並べられた。

隣のスピカとその前に座るイザルさんはすぐに一本目を食べ終え、二本目に手を伸ばそうとしている。食いしん坊レースが開催されているようだ。

「これが……ヤキトリ……」

「美味《おい》しそうですね……」

芳《こう》ばしく焼けたタレ味の焼き鳥の串《くし》をそれぞれ手に持ち、旅人兄弟は目をキラキラと輝かせている。

お父さんのおかげで、ふたりが焼き鳥を食べることができてよかった。

先にお兄さんのほうが、手に持っている焼き鳥を口に運ぶ。

きょろきょろを周りを見回していた弟さんも、お兄さんに倣《なら》うように、はむ、と勢いよくお肉にかぶりついた。

「～～～！」

「……美味《おい》しいですね、レオ」

口いっぱいに焼き鳥を頬張《ほおば》った弟さんは、喋《しゃべ》ることができないようで、ぶんぶんと首を縦に振ってお兄さんに返事をしている。その様子がハムスターのようで可愛らしい。

そのまま串《くし》に残ったお肉を食べたふたりは、次からは無言で焼き鳥の皿へと手を伸ばした。

腹ぺこ四人の手によって、猛《もう》スピードでたくさん積まれていたはずの焼き鳥がただの串《くし》へと変わる。

（このテーブルだけ、熱気がすごい気がするんだけど……）

ちらりと隣のテーブルを見ると、確かにそちらも焼き鳥の山は減ってはいるが、明らかにこのテーブルよりゆっくりだった。

「さあ、追加のお肉よ。好きなタレをかけて食べてね。みんな、ちゃんと野菜も食べるのよ」

「ははっ、すごい食いっぷりだなあ！　子供はたくさん食べないとな」

お母さんが野菜スープ、お父さんが焼いたお肉と三種類のタレを持って現れると、既《すで》に焼き鳥が消費されて空《から》になりかけていたテーブルでは、わあ、と大きな歓声が起こる。

そこから、さらに熾烈《しれつ》なお肉争いが行《おこな》われ、あっという間に全てなくなった。

初めから全力だったスピカとイザルさんに加え、最初は遠慮がちだった腹ぺこ兄弟も途中から本気を出したようだった。

私はお肉が最後の一枚になったときの、全員の眼力での牽制《けんせい》の様子を思い出して、ふうと小さくため息をつく。

他のテーブルでも似たような現象が起き、お父さんとお母さんが追加で食べものを運ぶたびに、みんなの目がギロリと鋭《するど》く光っていた。

私はそんな彼らの食べっぷりに圧倒され、見ているだけでお腹いっぱいになってしまったことは内緒だ。

お母さんのスープは誰にも取られる心配はなかったので、落ち着いて食べることができた。

「お腹いっぱい……もう食べられない」

空《から》になったお皿を前に、スピカは椅子に体を預けながら満足そうにしている。

「それだけ食べたら十分でしょう。もう、スピカ。ほっぺにタレがついてるよ」

私は彼女の陶器《とうき》のような白い頬についたタレを、持っていた布巾《ふきん》で拭《ぬぐ》った。

スピカは私と同じように外で作業をしていたにもかかわらず、日焼けの痕跡《こんせき》が見られない。ぴかぴか真っ白の美少女肌だ。

やはり本人がヒロインだと言い張るだけあって、スピカの美少女っぷりは他の追随《ついずい》を許さないのだけど、ご飯を食べるときはなんだか幼くなって、印象がガラリと変わる。

孤児院の面々にとってはスピカの豹変《ひょうへん》ぶりはもう見慣れたものらしく、意に介さずといった状況だ。

それでいいのか、ヒロイン。

最近ではスピカの取り巻きの男の子たちは、彼女は食べものを与えると喜ぶということに気がついたらしく、ちょこちょこ果物やお菓子を与えている。

気を緩めると、すぐにまるまるヒロインになってしまいそうだ。

やれやれとため息をつきながら、私はスピカの頬を綺麗にし終えた。

「ミラちゃん、俺も拭《ふ》いて〜」

最後に出された焼きうどんもペロリと食べたイザルさんが、テーブルに両肘《りょうひじ》をついて私のほうに顔を向けてくる。

実はこの人も食いしん坊だよねと思いながら、テーブルを挟んで向かい側にぐぐっと手を伸ばす。

しかし、私の手にあった布巾《ふきん》は、急に姿を消した。

「イザルさん、といいましたか。女の子に余計な仕事をさせるのはよくありませんよ。僕が拭《ふ》いてあげましょう」

「……げ！　いてててて！」

その布巾《ふきん》は、いつの間にかイザルさんの隣に移動していた腹ぺこお兄さんの手中にあった。そして、多少乱暴に彼の顔を拭《ぬぐ》う。痛そうだ。

そしてそんなイザルさんを、弟さんは冷えた目で見つめていた。

「……ゲンキュウ」という低い声がぼそりと聞こえた気がする。

ゲンキュウといえば頭に浮かぶのは『減給』の文字だが、きっと気のせいだろう。そんな単語が聞こえてくるはずがない。

私が不思議に思っている間に、お兄さんはイザルさんの顔を拭《ふ》き終えたようだ。

「はい。綺麗になりました。よかったですね」

「……すみませんね、旅のお方。ありがとうございます。うわ、ヒリヒリする」

お兄さんの爽《さわ》やかな笑みが、なんだか黒い。

イザルさんは、少し赤くなってしまった頬をさすっている。

「……イザルさんの自業自得《じごうじとく》ね」

呆《あき》れたようなスピカの言葉に、弟さんだけでなく、このやりとりを見ていた周囲の孤児院の子たちも深く頷いていた。

それからパーティーに参加した面々は、暫《しばら》く満腹感と多幸感でうっとりして、椅子から動けずにいた。

けれど……

「食べ終わったら片付けな～。片付けが終わったら、ミラが作ったデザートがあるぞ」

お父さんの一言で正気に戻り、急いでお片付けをし始めた。

みんな、あれだけ食べたのに、まだ入るのか。

まあでも、デザートは別腹ってよく言うもんね、と考えながら、私は準備のために地下の貯蔵庫へと向かう。

「ミラ、手伝うことはない？」

背後から声をかけられて振り返ると、フードの弟さんがそこにいた。

彼はご飯を食べている間もずっとフードを被《かぶ》っていたし、そういえば最初に会ったときもそうだ。だからもう、フードが彼の一部のように思えてきた。

近くに来た彼の顔を見ると、スピカと同じく頬にちょこっとだけタレがついている。

私はポケットからハンカチを取り出した。

「ちょっと待ってくださいね。……はい、取れました」

「っな、ミラ！」

私はちょこんと頬を拭《ぬぐ》っただけだったのだけど……弟さんはとっさに顔の前に腕を掲《かか》げて顔を半分隠し、怯《おび》えた猫のように素早《すばや》く後退してしまった。

「？　タレがついていたので」

彼の反応に驚き、小首を傾げてしまう。

（……でも、普通は急に触《さわ》られたら、びっくりしちゃうかも）

そう思い直した私は、弟さんに謝ることにした。

「ごめんなさい。急に拭《ふ》かれたら驚きますよね。つい癖で……」

「癖？　ミラは癖で人に触《ふ》れるのか？　……まさか、イザル？」

何故か声を低くして聞いてきた弟さんに、私は答える。

「よく孤児院の小さい子たちの顔にも、食べたものがついているので。拭《ふ》くのが習慣になってしまって」

小さい子たちは口の周りや手がベトベトのまま遊びに行ってしまうので、汚れが周りにつく前に、素早《すばや》く拭《ふ》き取《と》らないといけないのだ。

いつもどおり何も考えずに彼の頬も拭《ぬぐ》ってしまったけれど、こうやって向かい合うと、身長は私よりも少し高い。

自分より小さい女の子に顔を拭《ふ》かれるなんて、屈辱的《くつじょくてき》なことだったかもしれない。

前世のアラサーがひょっこり顔を出してしまったことを反省する。

「孤児院の子供……そうか。それならまだいいか……」

先ほどから、少し俯《うつむ》きがちにぶつぶつと呟く彼の表情は、よく見えない。

怒っている……わけではない、のかな？

「あの、弟さん……」

再度謝ろうと呼びかけると、少年はがばりと顔を上げて、真っすぐに私を見た。

「レオだ。俺の名前。レオと呼んでくれ」

「レオ……さん？」

「いや、ただのレオでいい」

彼の瞳は、紫がかった美しい青色をしている。そしてその頬には、心なしか赤みがさしているように見える。断る理由もないので、私は頷いた。

「そうですか。じゃあ、レオ。勝手に触《さわ》ってごめんなさい。……お手伝いをしてもらっても、いいでしょうか？」

「ああ！」

嬉しそうに胸を張る彼に、私はお願いする。

「じゃあ、貯蔵庫まで一緒に来てください」

満足そうににこにこしているレオを伴《ともな》って、私は厨房の横の地下階段を下り、貯蔵庫となっている部屋に来た。

扉を開けると、上の階と違ってひやりとした冷気が足元にまとわりつく。

持っていたランプを近くの壁にかけると、薄暗い室内にほんのりとした橙《だいだい》の灯《あか》りがともった。

「レオ、このお皿をひとつ持ってくれますか？」

「わかった」

用意していたデザートをのせたお皿をひとつ、レオに手渡す。

私も同様に大きめのお皿を両手で支えるように持って、部屋を出た。

このデザートを準備したのは、今朝《けさ》のこと。

半日以上寝かせておいたから、きっと味が馴染《なじ》んでしっとりとして、食べ頃になっているだろう。

レオはいろいろな角度から、手に持ったデザートをまじまじと眺めている。

「これは……なんだ？　薄《うす》い卵焼きが重なっているのか？」

薄《うす》い卵焼き。確かにその推測は間違っていない。

「これは、ミルクレープというんです」

薄《うす》いクレープが何層にも重なって独特の食感と風味《ふうみ》を楽しめる、日本発祥《はっしょう》のお菓子。

クレープを何十枚も焼くのは大変だったけれど、手作りのカスタードクリームとレモンジャムを交互に重ねる工程は、とても楽しいものだった。

せっせと作業をする私を、お父さんとお母さんはずっと見守ってくれた。

私がそんなことを思い出していると、レオは目をキラキラさせている。

「みるくれーぷ。美味《おい》しそうだな。これも初めて見たから、食べるのが楽しみだ」

わくわくした彼の表情を見ると、私も嬉しくなる。

そういえば、彼は旅人だというから、私の知らないものを見たことがあるかもしれない。

そう思って、聞いてみる。

「レオはどこから来たんですか？　海は見たことありますか？」

「……東のほうから。海は見たことがある」

「そうなんですね。いいなあ、海」

「ミラは海が見たいのか？」

レオの問いに、私は頷く。

「そうですねぇ、海も見たいし、いろいろなところに行ってみたいです。王都も見てみたいですし。美味《おい》しい食材がたくさんありそうだから」

「ははは、そうなのか」

レオと雑談を続けながら階段を上り、厨房に到着した。けれど、私はそこで思わず口を閉じて、レオと顔を見合わせてしまう。

彼も同じように、不思議そうな顔をしている。

――何故かはわからないが、先ほどまでの騒がしさが嘘のように、宿屋の食堂は異様なほど静まり返っていたからだ。

私が手に持っていたミルクレープのお皿を近くのカウンターテーブルに置くと、レオもその隣にお皿を並べた。そのときの、ことりという小さな音さえも、店内に響いているように感じる。

厨房にいたはずのお父さんたちの姿は見えず、子供たちの声も聞こえない。

仕切りを挟んで厨房の先にある食堂では、さっきまでみんなが和気藹々《わきあいあい》と片付けをしていたはずなのに。

耳を澄ますと、お父さんの声がぼそぼそと聞こえた。子供の身長では、奥のほうが見えない。もっとよく様子を見ようと背伸びをしていると、私たちを見つけたレオのお兄さんがこちらに駆けてくる。その後ろには、イザルさんの姿もある。

お兄さんは険《けわ》しい面持《おもも》ちで、レオの手を引いた。

「……レオ。ひとまずこちらへ。イザルさん、あとはよろしくお願いします」

「セイ、何が――」

「あとで説明します。とりあえず僕たちは客室へ戻りましょう」

私にぺこりと頭を下げて、お兄さんは戸惑《とまど》うレオと共に、客室に繋《つな》がる扉の向こうへと消えていった。混乱しているのはレオだけではない。私も一緒だ。

きっと、地下に下りた私たちだけ、状況が全くわかっていないのだろう。

「ミラちゃん」

いつもの飄々《ひょうひょう》とした態度は鳴りを潜《ひそ》め、イザルさんは真剣な表情を浮かべている。私は不安な気持ちになった。

「イザルさん……？」

「大丈夫、心配しないで。ちょっと急なお客さんが来てね。今は親父さんが対応しているんだけど、問題を起こすといけないから、子供たちはみんな、女将《おかみ》さんと一緒に店の裏に出てもらっているんだ」

「そう……ですか」

「ミラちゃんも部屋に戻ってもいいみたいだけど、どうする？」

イザルさんが私に判断を委《ゆだ》ねることが不思議で、思わず彼をじっと見てしまった。

その碧色《みどりいろ》の瞳は揺れることなく、私を見下ろしている。

（誰が……来たんだろう……？）

子供たちをみんな外に出すほどのお客さんとは、一体誰なのだろう。

普通の来客、それも食堂のお客さんならば、店の張り紙を見て遠慮するはずだ。

だが、そうせずに店内に入ったということは、何か別の目的があるのだろうか。

『子供たちが問題を起こすかもしれない』というのは、失礼なことが絶対にあってはならないほど、通常の客ではないということ？

それに、私は部屋に戻ってても、ここに残ってもいいって、どういうことなのだろう。

ふと、頭を過《よぎ》ったのは、ひとつの可能性だった。

以前彼女から聞いていたあの話が、急に頭にはっきりと浮かんできたのだ。

妙な胸騒ぎがして、まさかと思いながらも、私はイザルさんに尋ねる。

「……スピカはどこにいますか？」

「……スピカちゃんなら、親父さんと一緒にいるよ。彼女へのお客さんだからね」

彼は真剣な表情を崩さないまま、そう答えた。

子供たちが遠ざけられたのは、来客が貴族で、万にひとつでも何かあってはいけないから。

スピカがその場に残されたのは、彼女が来客が用のある張本人だから。

（そうだ。私は……スピカは、十歳になった。――この日が、来たということ、なんだ）

それは、スピカにとっての日常が、今日を境《さかい》に大きく変わることを意味している。

私は、その場から移動せずに、じっと仕切りの向こう側の会話に耳を傾けた。

「ほら……スピカ、元気出して」

「うぅ〜〜っ、わぁ〜ん」

私は文字どおり子供のようにしゃくり上げて泣くスピカの背中を、ゆっくりとさすっている。

十歳のスピカに『子供のように』という表現を使うのはおかしいが、中の人は前世で大学生だと言っていたから、私の中では違和感はない。

例の貴族の使いの人たちとの話を終え、顔面蒼白《がんめんそうはく》だったスピカは、お父さんの取り計らいで今夜は私の部屋に泊まることになった。

――明日、スピカはこの町からいなくなる。

『そこにいる少女は、クルト伯爵家の血筋である』

『当主である伯爵は、娘を引き取ることを考えている』

『孤児院には既《すで》に話をつけてある』

『すぐにでも出立する』

宿屋に来た使いの者たちは、淡々とその事実を告げた。

今すぐにでもスピカを連れ帰りそうだった使いの者たちに対して、粘《ねば》ったのはお父さんだ。

『急なことで、まだこの子の理解が追いついていません。それにもう夕刻が迫っています。出発するには危険かと。今夜はこの宿にお泊まりになって、明朝《みょうちょう》の出発にしてはいかがでしょうか』

スピカがよくこの食堂でお手伝いをするようになった二年前から、お父さんは我が子のように彼女を可愛がってきた。

それでも貴族相手に、それも正式な親だという人相手に強くは出られない。

そのような状況で、精一杯の交渉だったように思う。

ふむ、と顔を見合わせた使いの者たちは、夜が明けてからの出立が望ましいと考えたようだった。

『……では明朝《みょうちょう》、また参ります。くれぐれも変な気は起こさないよう』

お父さんに最後に釘を刺し、黒ずくめの男たちは足早に食堂を出ていった。

うちの宿には留《とど》まらず、別の場所に泊まったようだ。

――それから今に至るまで、スピカはずっと泣いている。

「スピカ。お父さんが今夜はスピカの好きなもの、なんでも作るって言ってたよ」

「ううっ、ひっ」

スピカが泣きやむ様子はない。私は少し考え、再び口を開いた。

「……久しぶりに、こっそり夜食も食べちゃおうか？　今夜は朝までおしゃべりするのもいいかも。蜂蜜《はちみつ》たーっぷりの、甘いフレンチトーストなんてどう？」

「ふぇ……」

スピカはしゃくり上げるのをやめ、私を見つめる。もう一押しと、私は身を乗り出した。

「そういえば、スピカはまだミルクレープを食べてなかったよね？　他のみんなには、あのあと食べてもらったんだ。スピカの分も残してあるから、持ってくるよ。いっぱい泣いたから、飲みものも」

スピカは声は出さなかったが、ぶんぶんと首を縦に振る。肯定と捉《とら》えていいのだろう。

食べる気力があるのなら、少しは安心だ。

スピカを部屋に残し、私は厨房へと急いだ。

スピカはどうして泣いているのだろう。

彼女があれほどずっと待っていた、お迎えが来たというのに。

あの泣き方は、とても嬉し泣きとは思えなかった。

（この町のこと……好きになってくれたのかな）

だったらよかった。

この場所が彼女にとって、なんの思い入れもない場所じゃなくなったということだから。

私たちの思い出は、ゲームとは違う、本当の生活の中で得た確かなもの。

私と同じで、寂しいと思う気持ちが……胸にぽっかりと穴が空《あ》いたような喪失感《そうしつかん》が彼女に芽生《めば》えたのだとしたら。

別れは辛《つら》いけれど、それはとても喜ばしいことのように感じる。

私は厨房に戻ると、手早くミルクレープと飲みものを用意した。

そのとき、ふと思い出す。

（……そういえば、レオたちも食べてないんだよね）

あのとき目を輝かせていたレオのことを考え、私はさらにふたり分のデザートを用意した。

どうせなら、ついでにレオとお兄さんの分も持っていこう。

クレープと飲みものを、籠《かご》のような形のトレイに入れて運ぶ。

素早《すばや》く動くとグラスががしょがしょとぶつかるので、慎重に歩く。

フロントにいたお母さんにレオたちの部屋を尋ねると、帳簿を見ながら教えてくれた。

ちらりと見えたその帳簿によると、あの兄弟はひと月ほど前からうちの宿を予約していたようだ。

確かに、この収穫祭の時期に当日泊は難しい。

うちの宿屋は数日前から満室状態で、どれも予約のお客さんだ。

観光シーズンだからか、いつもの旅人たちとはお客さんの雰囲気が違っていて、屈強《くっきょう》そうな人や鍛《きた》えていそうな人が多い気がする。ちょこちょこと帯剣している人も見かけた。

これが人相《にんそう》が悪い人たちだったら警戒するところだが、みんな一様に爽《さわ》やかで、私に会うと敬礼しそうな勢いで挨拶《あいさつ》をしてくれる。たかが宿屋の娘にも礼儀を欠かないなんて、なんて素晴らしい筋肉集団なんだろうと感動したものだ。

そんなことを思い出しながら、私は階段を上った。

「えっと……二階の端っこの、一番のお部屋……」

到着した部屋の扉に描かれた星のマークはひとつ。間違いなく一番の部屋だ。

私は、こんこんと勢いよくノックをしたのだった。

◇

——ミラが泣き続けるスピカを慰《なぐさ》めていたのと、同じ頃。

わけがわからないまま、兄役の男に連れられて部屋に戻ったレオは、フード付きの外《がい》套《とう》をバサリと脱いだ。

少しばかりの解放感を覚えながらそれをコートスタンドにかけ、ベッドに腰掛ける。

「セイ、一体何があったんだ？」

レオが問うと、セイは同じくフードを取り、隠していた黒髪を覗《のぞ》かせた。

「どうやら、ミラ様のご友人である孤児院の少女が貴族の庶子《しょし》だったものですから、その使いの者が急に現れたようです」

セイの話を聞いて、レオは金髪の少女を思い出す。

「友人というのは、ミラの隣に座っていた彼女か？」

「はい。クルト伯爵の愛人の娘……というのは後付けで、彼女の母は、本当は伯爵の恋人だったそうです。そのあと強引に婚約者になった女……現伯爵夫人が、彼女の母を追い出したというのが真相のようですね。伯爵は妻がその恋人を追い出したことも娘がいたことも最近まで知らなかったそうですし。妻を問いただして真相を知った伯爵は、急いでその恋人を捜していたようですが……使いの者が来たということは、おそらく娘を引き取るつもりなのでしょう」

セイが流れるように事細かな事情を口にしたため、レオは思わずたじろいでしまった。

「……詳しいな」

「レオ様がおっしゃったのでしょう。ミラ様の周囲を調べるように、と」

「そ、それはそうだが」

ミラの周囲を調べるように言ったのは、彼女に害なす者が周囲にいないか確認したかっただけだ。

まさか友人の少女のことをそこまで調べ上げるとは、思ってもみなかった。

（――そこに貴族のゴタゴタが絡んでくるとは、さらに思いもしなかったが）

何食わぬ顔で、さらりと想定以上の調査結果を報告した護衛騎士に、レオは頭が痛くなる。

セイは非常に優秀な騎士だが、優秀すぎるのも考えものだ。

あまり事情を知りすぎると、ミラはいい気持ちがしないだろう。今後は気をつけようと、レオは決心した。

「話はわかった。それで俺を急いで隠したんだな」

ひとまず大体の事情を把握して、レオはそう言う。

「はい。私もすぐに身を隠したので問題はないかと思います。レオ様がここにいることが知られてはいけませんから。ただの貴族の使いといえど、私たちの顔を知っている者もいるかもしれません。ミラ様と仲良くお話をされているところを邪魔してしまい、誠に申し訳なく……」

「あーっ！　もういいから、全部言うな！　恥ずかしいだろうが。大体、その前から俺のこと、ニマニマ笑って見てただろ！」

「おや、気付いていましたか。レオ様のご様子がとても微笑ましかったので」

「～～～っ」

セイは爽《さわ》やかな笑みを浮かべて言い切った。さらに気恥ずかしくなったレオは、別のことを考えようと窓の外を見る。

すると、黒ずくめの集団が馬車に乗り込み、この宿の前から立ち去る様子がちょうど目に映った。

この町に似つかわしくない上等な馬車は、明らかに貴族のものだ。あの連中が帰ったのだろう。どうやら一連の話は終わったらしい。

（……ミラをあの場に残してきてしまったが、彼女はどうしただろう）

　変なことに巻き込まれないだろうか。

　レオの脳裏《のうり》に、楽しそうに食材の話をしていたミラの笑顔がちらつく。それが一層、不安を煽《あお》った。

「話の内容は、彼に聞きましょう。終わったのであれば、そろそろ来るはずです」

　レオの考えていることがわかっているかのように、セイは扉のほうへと視線を向けた。

　ふたりでそちらを見ていると、本当に扉がノックされる。

「お客様、替えのシーツをお持ちしましたー」

　どこか気の抜ける間延《まの》びした声を出しながら、その男は部屋を訪ねてきた。

　勿論《もちろん》、レオやセイが宿屋の従業員を呼び立てたわけではない。その男がそういう素振《そぶ》りをしているだけだ。

「ああ、すみません。入ってもらえますか」

　セイはその男を招き入れると、扉を急いで閉め、鍵をかけた。男は入室すると、レオの前で恭《うやうや》しく膝《ひざ》を折る。その仕草すら芝居《しばい》がかっているように感じるのは、先ほどの食堂での振る舞いが思い出されるからだろう。

「お久しぶりです、殿下。ご挨拶《あいさつ》が遅れて申し訳ありません。それと……あの、減給はやめてください。あのとき少し調子に乗っただけなんです」

顔を上げて申し訳なさそうに言う男――イザルに、レオはひとつため息をついた。

「……その割には随分《ずいぶん》やりとりが自然だったし、ミラも慣れているようだったが」

「ああ～、ミラちゃんは面倒見がいいんですよね～。みんなのお姉さんって感じで。俺より年下だけど」

レオがイザルをじとっと見ると、彼は直前の神妙な態度をころっとやめて、すぐにいつもの調子に戻った。レオは頭が痛くなる。

レオが顔を顰《しか》めたので思っていたことが伝わったのか、セイがイザルの首根っこをぐっと掴んだ。

「……イザル。殿下への不敬で減給以上の罰《ばつ》を与えてもいいんですよ。殿下の反応が可愛らしくて、ちょっかいをかけたくなる気持ちはよくわかりますが」

イザルに笑顔を向けるセイの目は、全く笑っていなかった。

レオは内心、そう忠告するセイ自身のほうがよっぽど聞き捨てならないことを言っているような気がしたが、とりあえず先に聞きたいことをイザルに尋ねることにした。

「ミラは大丈夫だったのか？」

「そうですね。あのあと、その場で一緒に話を聞いていたんですが、特に取り乱すこともなく落ち着いていました。スピカちゃんが大泣きしちゃったんで、今はふたりで過ごしているところです」

「そうか……」

彼女に何かあったらと思ったが、それは杞憂《きゆう》だったらしい。

他にもいくつかの報告をイザルから受けている最中に、扉がノックされた。

このタイミングでこの部屋を訪ねてくる者は、イザル以外にいるはずがない。

レオとセイがイザルに視線を向けるが、イザルも首を横に振る。わからない、ということのようだ。

三人の間に緊張が走る。

静かになった室内に、再度のノック音と「ミラです。突然すみません」という声が聞こえた。

レオはその声にいち早く反応し、素早《すばや》く扉に駆け寄ったのだった。

◇

（あれ？　誰も出てこない）

ノックをして暫《しばら》く待っても、レオたちの部屋から応答はない。

部屋にいるはずだと思って来たのだけど、無人なのかもしれない。

せっかくデザートを持ってきたけれど、不在なら仕方がない。

(最後に、もう一度だけ声をかけてから行こう)

そう思った途端、ものすごい速さで扉が開いた。

「っ、ミラ、どうかしたのか？」

そこには、フード付きの外套《がいとう》を着ておらず、銀の髪を揺《ゆ》らすレオがいた。

扉の前にはレオ、そして室内にはお兄さんとイザルさんがいて、みんな驚いた表情でこちらを見ている。

「やべっ」というイザルさんの発言が、私の耳にしっかり届いた。

「では、シーツは確かに届けましたので、俺はこれで。また何か困ったことがあったら、なんでもお申し付けください。じゃあミラちゃん、俺は厨房に戻るね」

ひらひらと手を振りながら、イザルさんは部屋を出ていく。

どうやら、イザルさんはシーツの交換のためにこの部屋に呼ばれていたらしい。

私は暫《しばら》くイザルさんの背中を目で追ったあと、視線を部屋の中に戻した。

私と同じくらいの背丈《せたけ》の少年は輝くような銀髪で、その近くにいる背の高いお兄さんは黒髪。

すっぽりと被《かぶ》っていたフードが顔の一部と化していたことや、これまで夜中の薄暗いタイミングで話していたから、はっきりと見せられた彼らの面立《おもだ》ちに、どぎまぎする。

（……レオとお兄さん、でいいんだよね）

一瞬躊躇《ちゅうちょ》してしまうほど、ふたりは整った顔立ちをしている。いわゆる美男子だ。フードを被《かぶ》っているときも綺麗な顔をしていると思っていたけれど、完全体はより一層の破壊力があった。

特にレオの銀髪はこの町では見ない色で、馴染《なじ》みがない。光に当たって煌《きら》めく様子は、どこか神聖な印象だ。

お兄さんの黒髪も、前世では当たり前の色彩だったが、そういえば今世で遭遇《そうぐう》するのは初めてだ。

「……ミラ？」

「お嬢さん、どうかしましたか？」

レオの青紫の瞳と、お兄さんの藍色《あいいろ》の瞳が、動きを止めたわたしを心配そうに見る。

その馴染《なじ》みのある声で、本人たちだということに確信が持てた。

私はようやく安堵《あんど》して、手持ちのミルクレープと飲みものを差し出す。

「先ほどお出しできなかった、デザートのミルクレープを持ってきました。レオには準備を手伝ってもらったのに、食べてもらっていなかったので。……どうぞ」

「本当か⁉　ありがとう、ミラ」

「いつもありがとうございます」

籠《かご》から出てきたミルクレープを見て、ふたりは顔を綻《ほころ》ばせる。

ふたりの顔立ちはまるで似ていないけれど、食べものを見たときの嬉しそうな反応は同じだなぁ、とぼんやり思った。

用事が済んだため、私はレオたちの部屋を出て屋根裏部屋へと戻る。

部屋の隅で体操座りをしていたスピカにミルクレープを出すと、彼女は涙を引っ込めた。それからぱくぱくと食べ終えると、次第に瞼《まぶた》がとろりとしてきた。

あれだけ外で働いて、焼き鳥をたくさん食べて、大号泣したあとなのだ。当然疲れて眠くなるに決まっている。

ベッドに横になることを勧《すす》めると、スピカは素直に横になる。そして数分もしないうちに、穏やかな寝息が聞こえてきた。彼女にそっと布団をかけ、私は部屋を出る。

ゆっくり寝てもらおう。そして、お父さんにはスピカの分の夕食の用意は、あとにしてもらうように言わないと。

厨房を覗《のぞ》くと、お父さんとイザルさんが何やら話しながら料理をしていたので、私もそこに行く。

お父さんはすぐに私に気付いて、声をかけてきた。

「ミラか。スピカの様子はどうだ？」

「ミルクレープを食べたら、寝ちゃった。暫《しばら》く寝ていそうだから、夕飯はあとにしてもらってもいい？」

「わかった」

私が報告し終えたあとも、お父さんはじっと見つめてくる。

何かを言いたげに口を開いては、閉じる。それを数回繰り返した。

不思議に思ってそう問いかけると、お父さんは一度床に視線を落としたあと、意を決したように私を真っすぐに見据《みす》えた。

「どうしたの？」

「――ミラ、大事な話がある。来てくれ。イザル、あとは頼んだぞ」

そう言って厨房を出るお父さんの背中を、私は慌《あわ》てて追いかける。

夫婦の部屋に入ったお父さんは、すぐに鍵をかけた。

室内には既《すで》にお母さんもいて、ソファーに座っている。

ただ、様子が変だ。放心したように、力なく腰掛けているように見える。

「お母さん？」

問いかけると、虚《うつ》ろだったお母さんの目が私を映した。途端に、その瞳はじわじわと潤《うる》み出す。

「ああ、ミラ……！」

立ち上がったお母さんはこちらへ駆けてくると、ぎゅうぎゅうと私を強く抱きしめた。

戸惑《とまど》いながらも、私はお母さんの手にそっと自分の手を添える。

ちらりとお父さんを見ると、私たちの様子を沈痛《ちんつう》な面持《おもも》ちで眺めていた。

眉間《みけん》には皺《しわ》が寄り、唇は真一文字に結ばれている。

（……なん、だろう。スピカがこの町を出ることが関わっているのかな）

よくわからないまま暫《しばら》くそうしていると、お父さんが「ミラ」と私の名を優しく呼んだ。

「ミラは……以前から王都に行きたがっていたな。港町や他の町へ行って、料理をたくさん作りたいと」

「うん？　それは、そうだけど……」

「もし、そこへ行って、料理をする機会があるとしたら行きたいか？　ずっとこの町で暮らすほうがいいか？」

お父さんは、とても真剣な顔をしていた。

どうして今、こんな話をしてきたのかはわからないが、私の心は決まっている。

「――行きたい。いろんなものを見て、触《ふ》れたい。他にもたくさん作ってみたいものもあるから」

そう答えると、私を抱きしめる母の手に、さらにぎゅうっと力が籠《こも》ったのを感じた。

王都に行ったら、港町に行ったら。

前世を思い出してから、そう考えることは多かった。

実際はどうやって行ったらいいのか、どう暮らしたらいいのかなんてまるでわからなかったけど、もしそういう機会があるのであれば、是非行きたい。

私の答えを聞いたお父さんは、険《けわ》しい表情をふっと緩めた。

腰にあてていた手を移動させ、今度は腕組みをする。

「……やっぱり、血は争えないなあ。ほら見ろ、マーサ。ミラは俺と同じだ」

「～～～っ、でも、ミラは女の子で、まだ小さいのに……」

「それはそうだが。でも、向こうも二年間猶予《ゆうよ》してくれていたんだ。ミラの身の安全も保証してくれている。それに、小さい頃からいろいろと経験を積んだほうが、早く一人前になれる。マーサもミラの才能を燻《くすぶ》らせたくはないだろう？」

「それは……」

お母さんは私を抱きしめていた腕を解《ほど》いて、私の肩に手を置いた。

その目からは、ぽたりぽたりと涙が落ちている。

お父さんはそんなお母さんの背後に立ち、支えるようにその肩に手を添えた。

私と目が合うと、お父さんはいつもみたいに陽だまりのような優しい笑みを浮かべる。

「王都にいるお父さんの知り合いが、ミラの料理の話を聞いて、是非来てほしいと言っているんだ。元々話があったのは二年前だが、今まで返事を待ってもらっていた。ああ勿論《もちろん》、信頼できるお方だから心配しなくていい。嫌になったら戻ってきてもいい——行ってみるか？」

そう聞かれた私は、一も二もなく「行く！」と即答していた。

すると、お父さんは豪快に笑って言う。

「じゃあ、明日には出発だな」

「……え？」

お父さんの言葉に、私の頭は一瞬真っ白になった。

確かに私は行くと言った。

王都へ行きたいと思っていたから、断る理由はなかった。

「だけどまさか……そんなに急だなんて」

戸惑《とまど》いながら視線を移すと、お母さんはますます涙を流している。

……いやまあ、そうだよね。娘が明日からいなくなるなんて、心配するよね。

まさかのスピカと同じタイミングでの旅立ちだ。

「鉄は熱いうちに打てと言うだろう？　思い立ったら行かないとなぁ！」

お父さんはあっけらかんとしている。私は戸惑《とまど》いつつもお母さんが泣きやむのを待って、三人で厨房へ向かった。

そしてお客さんたちの夕食を終え、いつもどおり仕込みを手伝う。

すると、目を覚ましたスピカがやってきたので、彼女にも手伝ってもらうことにした。

作業を進めていると、お母さんが口を開く。

「カファルは昔から、言い出したら聞かないものね……ミラ、頑張ってきてね」

散々泣いて気持ちの整理がついたのか、お母さんは晴れ晴れとした表情を浮かべていた。

その一方で、私の隣で玉ねぎの皮を剥《む》いているスピカはぷりぷりしている。

「なんで、起きたらミラまで王都に行くことになってるの⁉　それに、なんで別のところなの！　心細いから、わたしについてきてもらおうと思ってたのに！」

寝過ごして夕飯をあまり食べられなかった上に、私の王都行きの話を聞いて、スピカはご機嫌斜めだ。

でも、目は赤く腫《は》れていて痛々しいものの、口調はいつもどおりになっている。

私は少し安心しながら、苦笑した。

「私はメイドとか侍女とかは元々やるつもりないよ？　料理がしたいのに、掃除とか洗濯とかで忙しい暮らしは嫌。人のお世話より、ご飯が作りたいもの」

小説に出てくるような、主人公の側《そば》にいる凄腕《すごうで》のメイドや侍女を目指すならスピカについていってもいいかもしれないけど、全くもってその座は狙っていない。料理以外のことは極力やりたくない。

今日急にスピカを迎えに来た伯爵家で使用人になるよりは、お父さんの知り合いに料理人として雇《やと》われるほうがいい。私の人生設計もあるし。

「ええ！　ミラってそういうとこクールだよね」

スピカが唇を尖《とが》らせながらぶうぶう言っている横で、私は卵をボウルに割り入れて、砂糖とほんの少しの塩、それから新鮮な牛乳を加えた。

かちゃかちゃと音を立てながら混ぜ終わったところで、パンをその卵液に浸《ひた》しておく。暫《しば》くパンが卵液を吸い込むのを待つのだ。

そのとき、スピカがぽつりと呟く。

「……でも、よかった。ミラも王都にいるのよね。そう思うと心強いな」

「いつでも……ってわけにはいかないだろうけど、きっとまた会えるね」

貴族令嬢になるスピカと、どこに行くのかよくわからないが、おそらく料理人として働く私。

接点があるのかは不明だが、王都から離れたこの町にいるよりは、会える可能性はずっと高いだろう。

私は彼女に微笑みながら、小さめのフライパンにバターを入れた。

それは熱によってじゅわじゅわと溶け出して、あたりに美味《おい》しそうなにおいが広がっていく。

フライパンを軽く回して、満遍《まんべん》なく溶けたバターを行き渡らせたところで、卵液を十分に吸収したパンをその上にのせた。

「フレンチトースト……懐かしいなぁ」

立ちのぼる甘いにおいを近くで嗅《か》ぎながら、スピカはうっとりしている。

スピカは、おそらく前世でのことを思い出しているのだろう。

（私も前世ではよく食べたなあ。懐かしいという気持ちはわかる）

スピカに共感しながら、片面がきつね色になったのを見計らって、ひっくり返す。

お皿を用意して、焼き上がったフレンチトーストをのせたあと、その上に蜂蜜《はちみつ》をたっぷりとかけた。苺《いちご》があれば彩《いろど》りがあっていいんだけど、まあ贅沢《ぜいたく》は言うまい。

バターでカリッとなった表面と、じゅうっと柔らかくとろける中身。さらに甘い甘い蜂蜜《はちみつ》。

これを夜に食べる罪悪感はすごいけれど、だからこそ、その分とても美味《おい》しく感じることは間違いない。

「スピカ、できたよ。お父さんとお母さんも、どうぞ」

「わあ……！」

目を輝かせるスピカと共に、私は食堂へと移動した。

この町でスピカと過ごす最後の夜。最後の夜食。

ふたりで笑い合いながらたわいない話をして食べるフレンチトーストは特別に美味《おい》しくて、前世で食べたどれにも勝《まさ》るとも劣《おと》らないものだった。

それから約束どおり、部屋に戻った私たちは朝までたくさん話をした。

スピカが知るゲームの知識と、私が知る小説の情報を全て交換した。

スピカが引き取られる先の伯爵家には実子がおらず、跡取りとして養子になった遠縁の男の子がいるらしい。

その彼も攻略対象者のひとり、ヒロインの義理のお兄さんだ。

スピカの母親を追い出した伯爵夫人と暮らすことが心配だったが、今回の件で伯爵の怒《いか》りを買い、既《すで》に追い出されているそうなので安心だ。

私は彼女の話に頷きながら、確認のために問いかける。

「……スピカ、王都での合言葉は？」

「フケイザイと『ざまあ』に、注意！」

「よろしい。……ふふ」

「あはははは！」

窓から差し込む朝日が眩《まぶ》しい。

出立の日だというのに、私たちはお互いに寝不足の腫《は》れぼったい瞼《まぶた》で見つめ合う。

そして、どちらともなく噴《ふ》き出《だ》して、笑い合うのだった。

◇閑話　宿屋の主人と懐かしい客

『星屑亭』の主人であり、ミラの父であるカファルは、早朝から厨房に立って準備をしていた。

大半は昨晩のうちに終わらせているとはいえ、今日はまだ収穫祭の二日目。

昨日の出店が大盛況だった分、広場に店を出さない今日は、宿屋への来客が多いことが見込まれた。

北の食堂ではこの期間、自慢の麺《めん》を使った温玉釜玉《おんたまかまたま》うどんが飛ぶように売れているらしい。

（……フレディも、頑張っているみたいだな）

フレディというのは、カファルとマーサにとっては昔馴染《なじ》みの男で、北の食堂の店主だ。

今は、この宿屋の麺《めん》を作ってくれている存在でもある。

二十年ほど前、カファルはふらりとこの町にやってきた。

そのときお世話になったのがこの食堂の先代と女将《おかみ》で、訳ありのカファルを、ただ温かく受け入れてくれた。

ただの旅人だったはずのカファルは宿屋で働くようになった。そして宿屋の一人娘だったマーサと恋仲になり、そのまま宿屋の跡を継いだ。

ほぼ同時期に北の食堂を継いだフレディとはよきライバルとして、切磋琢磨《せっさたくま》してきた。

だが、二年前。うどん効果で評判を上げる『星屑亭』とは対照的に、彼の店は閑古鳥《かんこどり》が鳴いていた。

――だからなのか。ある夜、フレディはこの宿屋に侵入した。

彼を捕まえ、話を聞いたイザルによると、フレディはかなり思いつめた様子でレシピを探していたという。

この宿が有名になればなるほど、そういう輩《やから》は増えていた。

だからこそ、夜はイザルと交代で見張りをしていたのだが……

その一件で、腹を割って話したカファルとフレディは和解し、麺《めん》作りを彼に任せることで協力体制を敷《し》くことができた。

ここは小さな町だ。町人同士いがみ合うことにならずに、安心している。

そう考えながら、カファルはスープの最終調整をする。

今日は、娘のミラが王都へ向けて出発する。

彼女がめきめきと頭角《とうかく》を現してきた二年前から、早々に話は来ていた。

それを娘に伝えないということは、夫婦で決めた。

だが、娘を送り出すと決めてからは、すぐに実行に移した。

そうでもしないと、惜《お》しむ気持ちが生まれて、手放せなくなりそうだったからだ。

カファルが昨日の夜中にミラの部屋の近くまで行くと、同じく町を出るスピカとの楽しげな声が聞こえた。

スピカは貴族の迎えが来たときから顔色が悪く、そのあと大号泣したというから、心配していた。だが、そのときのふたりには悲愴感《ひそうかん》はないように思えた。

（――これなら大丈夫そうだな。ミラも、スピカも）

そう思ったカファルは、ふたりには気付かれないように階下の自室へと戻ったのだった。

そんなことを思い出している間に、スープが完成した。

カファルが味見しようとした瞬間、きし、と板張りの床が軋《きし》む音がした。

鍋に向けていた視線を、音のほうへ移す。

そこには宿泊客である、ひとりの男が立っていた。

「よお、カノープス。久しぶりだな。元気にしていたか？」

カファルと同じくらいの年齢に見えるその客は、右手を挙げて気安く声をかけてくる。がっしりとした体躯《たいく》と切り揃えられた藍色《あいいろ》の短髪は、昔と変わらない。

「……お客さん。俺の名前はカファルですよ。人違いでは？」

にっこりと笑顔でそう言うと、相手は参ったというように両手を空に向ける。

「あー、そうだったな。わりぃわりぃ。せっかく会えたってのに、おめぇはよぉ」

「二十年ぶりか？　……なんというか、老《ふ》けたな、クラーク」

「そりゃお互い様だろぉが！」

楽しそうに笑うその客――旧知の仲であるクラークを見て、カファルもふっと微笑んだ。

「息災そうで何よりだ。それにしても、今回は人数が多いな。しかも団長直々《じきじき》に来るとは。おかげでうちの宿が、随分《ずいぶん》むさ苦しくなった」

「はは、そりゃ違いねぇ！　まあ仕方ねぇだろ、こっちにゃ殿下がいるんだからな。それに、お前の娘の護衛も兼ねてる」

「……クラーク」

カファルが言葉を止めてクラークを見つめると、彼は承知しているとばかりに深く頷いた。

「心配すんな。お前の娘は、俺らが責任持って王都まで送り届ける。そのあとのことも心配いらねぇさ」

「ありがとう」

「いいってことよ。しかし殿下がお前の娘をなぁ……どういう星の巡り合わせなんだか。まあ、俺はこうしてお前に会えたからよかったけどよ！」

わはは、と豪快に笑う友を、カファルは目を細めて見つめる。

カファルは昔、クラークと共に、騎士としてかつてこの国の第二王子だったジークハルトに仕《つか》えていた。

ジークハルトを王都の下町に連れ出して、おすすめの食堂に案内したこともある。

だがある日、彼を毒殺しようとしたという罪を着せられたカファル——当時の名でいうとカノープスは、同僚たちの手を借りて難《なん》を逃《のが》れ、なんとかこの小さな町へと辿《たど》り着《つ》いた。

王族の毒殺となれば即処刑の可能性が高い。

だからこそカファルを信じた仲間たちは、彼を匿《かくま》ったのだった。

十年ほど月日が流れたあと、カファルは正式に無罪となり、王都に戻るように要請があった。けれど、カファルは戻らなかった。

この小さな町での暮らしを――マーサと宿屋を守ることを選んだ。

そしてクラークは、今では王家の近衛《このえ》騎士団の団長にまで上りつめている。友の活躍は、この小さな町にもちゃんと届いていた。

宿屋の主人と騎士団長。

お互いの立場はあの頃とまるで変わってしまったが、変わらない友情がそこにあるような気がした。

「……まあ、少し早いが、朝食でも食っていけよ」

「お、いいのか！　実は、さっきからこのにおいで腹が減っちまってさ。お前もすげえなあ。この宿、王都でも有名だぜ？」

カファルが声をかけると、クラークは心底嬉しそうにそう言う。

カファルは、笑顔で頷いた。

「当然だろ。すぐに用意して持っていくから、適当に座っててくれ」

ああ、と言って去っていくクラークの背中をカファルは見つめた。

娘を頼む、と切に願いながら。

四　公爵令嬢とアップルパイ

翌朝。町を出発した私は、休憩を挟みながら、がたごとと乗合馬車に揺《ゆ》られている。

初めて乗る馬車は、思ったよりも快適だ。

外観はたまに見かける乗合馬車のように質素なのに、車内にはクッションが敷《し》き詰《つ》められていて、ふかふかしていた。どことなく内装も美しい気がする。

……これって、本当に乗合馬車なのだろうか。

そう疑問に思ったが、残念ながら比較対象になるような馬車に乗ったことがない私には、真実はわからない。

ただ、小説で読んだ限りでは、乗合馬車の座面は板で、お客さんでぎゅうぎゅうで、窮屈《きゅうくつ》で体が痛くてきつい、というイメージだったのだけど。この馬車はそれとは違うように思う。小説で大げさに表現されていただけなのかもしれないけれど。

「ミラ、大丈夫か？」

「お嬢さん、疲れたらすぐに言ってくださいね」

「ミラちゃん、女将《おかみ》さんが持たせてくれたオヤツでも食べる～？」

私が考えごとをしていると、一緒に乗っている三人からそれぞれ心配そうな声が降ってきた。

最初に心配そうに声をかけてきたのは、宿屋の客人だったレオ。そして次が、そのお兄さんのセイさん。オヤツを勧《すす》めるのは、宿屋の従業員のイザルさんだ。

何故かこんなメンバーでの出立となった。

イザルさんは元旅人ということで、王都までの付き添いをお父さんに依頼されたらしい。

私とイザルさんが乗った馬車にレオとセイさんも乗り込んできて、とても驚いた。

どうして、と聞いたら「乗合馬車だから……？」と疑問形で返された。まあそうだけど。

王都方面から来た彼らは帰るところだったようで、偶然にも出発が同じタイミングになったらしい。急いで収穫祭に来たように見えたけれど、こんなとんぼ返りのような行程でいいのだろうか。お兄さんは一体なんの仕事をしているんだろう。

「大丈夫です。この馬車はとっても快適なので……ふわ」

三人に答えると、思わずあくびが漏れた。

「ミラちゃん夜更《よふ》かししてたもんね～。ほら、寝ていいよ。俺の肩を貸してあげよっか？」

イザルさんは、自《みずか》らの肩をぽんと叩いた。私は、頭の片隅で思う。

(イザルさんに、夜更《よふ》かしのこと言ったっけ……?)

それに、イザルさんの言葉を聞いて、レオたちの眼光がぎんっと鋭《するど》くなったように感じた。

けれど、そんな考えはすぐに消えていく。私は今、とにかく眠いのだ。

十歳で徹夜なんてやるもんじゃない。いや、何歳でもやるもんじゃないんだけど。

最初のうちは、初めての馬車旅に興奮して目が冴《さ》えていたのだが、規則正しい揺れと、ただ座っているだけの状況が退屈で、どんどん目を開けていられなくなってきた。

それに、こんな柔らかなクッションに包まれていたら、眠らないでいるほうが難しいと思う。

私は重たい瞼《まぶた》を押し上げて、なんとかイザルさんに微笑んだ。

「ありがとうございます。でも、このクッションで十分なので……。じゃあ、イザルさん。ちゃんと起こしてくださいね……」

ふわふわのクッションに身を預けると、一気に睡魔が襲ってくる。

眠っているうちに馬車が目的地へと連れていってくれるなんて、ありがたい。

兄弟とイザルさんが楽しそうに会話をしているのが、どこか遠くで聞こえる。

その会話を子守唄にして、私は早々に夢の世界へと旅立った。

◇

ミラが眠ってしまったあと。レオは、地を這《は》うような低い声を発した。

「イザル……どうしても減給されたいようだな？」

「嫌だなぁ、レオ様ってば。冗談ですって！　ははは～」

おどけたように笑うイザルに、セイは氷のような微笑みを向ける。

「レオ様、イザルには減給なんて生温《なまぬる》いようですので、無給にしましょう」

「げ、鬼！」

イザルが慌《あわ》てたように取《と》り繕《つくろ》うが、もう遅い。

レオは頷きつつ、ミラの寝顔を見つめた。

――勿論《もちろん》、ミラはこんな会話があったなんて、知る由《よし》もない。

◇

ぐっすり眠りこけた私が目を開けると、空はすっかり茜色《あかねいろ》になっていた。夕暮れ時だ。

イザルさんに「もうすぐ今日の宿に着くよ」と言われて、むくりと体を起こす。

私の前に座っているレオは、お兄さんの肩にもたれかかるようにして眠っていた。

銀の髪が夕焼けに染まっていて、キラキラと光っている。

綺麗な髪に見入っていると、お兄さんがくすりと笑った。

「慣れない馬車でしたが、ゆっくり眠れましたか？」

「はい。それはもうぐっすり寝ました！　レオも寝ちゃったんですね」

私が言うと、お兄さんはレオを優しく見つめる。

「そうですね。お嬢さんが寝てから、割とすぐに。レオも昨夜はなかなか寝付けないようでしたので」

「そうだったんですか。だったら、夜食でも作って持っていけばよかったです。昨日の夜、どうせスピカと遅くまで起きてたので」

食べものの話をした途端に、お腹が空《す》いてきた。

眠っているレオの髪が、あまりにも綺麗な橙色《だいだいいろ》に染まっているものだから、段々ナポリタンにしか見えなくなってくる。

ナポリタン作りたい。食べたい。

材料さえ揃えばすぐにでも作れるのに、と頭が料理モードだ。

柔らかめのパスタに、ベーコンの脂《あぶら》としゃっきり甘い玉ねぎ。

なんと言っても、決め手はケチャップなのだけど、ここでは一から作るしかない。

加熱することで、ケチャップは酸味が抑えられて濃厚な味になる。ケチャップが焦《こ》げるあの芳《こう》ばしいにおいを想像しただけで、ますますお腹が空《す》いてしまった。失敗だ。

私が悶々《もんもん》としていると、がたん、と車輪が大きな音を立て、振動が止まった。

どうやら、馬車が停まったようだ。

「……着きましたね」

今更緊張感が湧《わ》き上《あ》がってきて、声が硬くなってしまった。

「じゃ、俺、ちょっと先に行ってきまーす！」

言うが早いか、イザルさんは馬車を飛び出す。

開いた扉から見えた建物は、私が見慣れている宿屋に比べて随分《ずいぶん》と立派で、前世でいう別荘風だ。

たっけ）

（……なんだか、すごく高級そうだけど。こんなところに泊まるほどのお金ってあっ

渡されたお金では、足りる気がしない。本当にここに泊まるのだろうか。王都に着く前に、一文無《いちもんな》しになってしまわないだろうか。

不安な私をよそに、お兄さんはレオを起こすことにしたらしい。とんとんと肩を叩いている。

「レオ、起きてください。着きましたよ」

「んんーー、もう少し……」

「……お嬢さんが見ていますよ」

「！　っ、もっと早く起こしてくれ！」

寝ぼけ眼《まなこ》だったレオが、急に目を見開く。その瞬間、目が合ってしまった。

「レオ、おはよう」

「あ、ああ。おはよう……ミラ」

夕陽がレオに当たって、髪だけでなく頬まで赤く染まっている。

それを見て、やっぱりナポリタンが食べたくなった。

手を振りながら戻ってきたイザルさんは、「旅してたときの知り合いの別荘だよ」と

言いながら、私を中へ案内した。どうやら、レオとセイさんも一緒に泊まるらしい。

屋敷の中もとても綺麗で、私なんかが足を踏み入れていいものか心配になってしまう。

この屋敷の住人だという商人夫婦は、私たちを笑顔で出迎えてくれた。

筋肉質な旦那様と、すらりとした長身の奥様だ。なんだか見覚えがあるような気がするが、きっと気のせいだろう。

その日以降の道程も、似たようなものだった。

馬車で移動して、夕暮れ時にはイザルさんやお兄さんの知り合いだという人の家に泊まる。迎えてくれる主人は、いつもガタイがいい。そういうネットワークなのだろうか。

そんな旅程を何日も繰り返しているうちに、段々と王都が近づいてきたようだ。

馬車が走る道もデコボコした土の道から、いつの間にか石畳《いしだたみ》に変わった。

途中からお兄さんが窓を閉めてしまったので、景色が見えないのは残念だ。

「ミラちゃん、もうすぐ目的地に着きそうだよ」

「そうなんですね。あ、そういえば私って一体どこに行くんですか？　王都のお店とかですか？」

声をかけてきたイザルさんに問うと、彼はなんだか歯切れの悪い返事をする。

「……あー、うん。ま、着いてからのお楽しみってことで！」

「そうですか」

笑顔のイザルさんに、私も曖昧《あいまい》に微笑み返す。

これからのことが、不安じゃないと言えば嘘になる。

家族のもとを離れたのは寂しいし、ひとりで頑張るのは心細くもある。

だけど、スピカだって慣れない場所で頑張っているはずだ。

私はそう思ってぎゅっと拳《こぶし》を握った。

「レオ、お兄さん。短い間でしたが、お世話になりました。おかげで寂しくなかったです」

ここでお別れになるであろうふたりに頭を下げる。

ここまで一緒に来たのは偶然だったかもしれないが、共に過ごした旅程はにぎやかでとても楽しいものだった。

もしかしたら、もう会えないかもしれない。そう思って改めて挨拶《あいさつ》をした、のだが……

「……うん」

「そう、ですね」

私の言葉に、ふたりは何故か微妙な顔をした。

「ミラ。あの、俺……」

レオが意を決したような表情で何かを言いかけたとき、タイミング悪く馬車が停まった。

目的地かと思ったけれど、イザルさんは動かない。だからきっと、ここで降りるのはふたりだ。

私の予想どおり、お兄さんが口を開く。

「……到着してしまいましたね。では、お嬢さん。またお会いできることを願っています。ほらレオも」

「～～～っ、ミラ！　次に会ったときに必ず話す！　またな！」

レオが大きな声で言うので、私は思わずのけぞりながら頷く。

「う、うん。またね」

馬車の扉が開くや否《いな》や、慌《あわ》てたようにふたりは馬車を降りていった。

開いた扉もすぐに閉じられたため、ここが王都のどこなのかはわからない。

広い王都で、ふたりにまた会うことはあるのだろうか。でも、あれだけ食いしん坊なふたりなのだから、料理屋さんで働いていれば、ご飯を食べに来てくれることがあるかもしれない。

暫《しばら》く一緒に過ごしたから、なんとなく仲間意識が芽生《めば》え、もしまた会えたらと思うと嬉しい。

スピカと合わせると、王都に三人も知り合いがいるのだ。ゼロより大分《だいぶ》ましだ。

馬車の乗客は私とイザルさんのふたりになったため、イザルさんは向かいの席へと移動した。

「イザルさんは、この旅が終わったらまた町に戻るんですか？」

車内は快適だったとはいえ、移動ばかりの馬車の旅はなかなか疲れた。またすぐに帰るとなると、結構大変だろう。

そう思いながらイザルさんに問うと、彼は首を傾げた。

「ん～、俺ねぇ。どうしよっかなあ～。実は俺、家がこっちなんだよね。だから暫《しばら》く王都にいようかと思ってるよ。ミラちゃんが心配だしね。雇い主《やとぬし》にもミラちゃん第一でって言われてるし」

「そうなんですね」

知らなかったが、イザルさんの家は王都にあるらしい。

それにしても、お父さんのことをわざわざ『雇い主《やとぬし》』と表現するのは不思議だな、とぼんやり思う。

「――さあ、そろそろ着くよ。顔出しまで俺もついていくから、安心してね」

イザルさんの言葉に、胸が高鳴るのが自分でもわかる。

期待と不安と……やっぱり期待と。いろんな感情が入り乱れてドキドキする。

前世で初めて就職した、地元の小さなパティスリーのことを思い出しながら、私は唇をしっかり結ぶ。

そして、こくりと頷いたのだった。

馬車を降りると、そこは明らかに今まで泊まった場所と雰囲気が違っていた。

目の前には手入れされた庭園が広がっている。広大すぎて奥のほうなんてよく見えない。

目を凝《こ》らすと、遠くに黒い門のようなものが小さく見えるので、馬車で通り過ぎたときは全く気がつかなかったが、あそこが入り口だったのだろう。

そして、見上げると、そこにあるのはお城のように大きな建物。

ところどころに施《ほどこ》された彫刻のような飾りが美しく、かなり立派だ。

（な、何ここ……！　どうしてこんなお城みたいなところに来たの？）

てっきり王都のどこかの料理屋さんに行くものだと思っていたので、予想外の展開に狼狽《うろた》える。

イザルさんは飄々《ひょうひょう》とした態度で足を進め、迷いなくその屋敷の玄関扉をくぐった。

私もそれに続いたのだが……

「お待ちしておりました！」

目に飛び込んできたのは、整然と並ぶ執事服とメイド服の人たち。

そして何故か、その人たちは私に対して深々と腰を折っていた。誰か要人を迎えるつもりのところに、私みたいな小娘が間違って入ってしまったんじゃなかろうか。

「イ、イザルさん。私たち、来るタイミングが間違ってるんじゃないですか……？」

前に立つイザルさんの服の裾《すそ》をくいっと引っ張って、小声でそう伝える。

「大丈夫大丈夫、間違ってないから。……それより、ごめん、ミラちゃん。ちょこっとだけ放してくれる？　飯抜きは嫌だからさ」

ちょっとつまんだだけのつもりだったのだけれど、不安からか皺《しわ》になるほど掴んでしまっていたようだ。

私は「ごめんなさい」と慌《あわ》ててイザルさんの服の裾《すそ》を放す。

そのとき、エントランスに続く映画に出てくるような豪華な階段を、誰かが悠然と下りてきた。

「――君がカノープスの……いや、カファルの娘か。よく来たな。我が公爵家は、君を歓迎する」

赤茶の髪に錆色《さびいろ》の瞳をした、端整な顔立ちの男性が、私を見て優雅に微笑む。

その人を見て、隣にいたイザルさんは膝《ひざ》をついて頭《こうべ》を垂れた。

私も戸惑《とまど》いながら、同じように跪《ひざまず》く。

——どう見ても、とても高貴な方だ。

その顔立ちはどこか見覚えがあるような気がする。

今世では勿論《もちろん》会ったことのない方。だけど、知っているような気がするのはどうしてだろう。

（……今、この人、公爵って言ったよね。公爵っていったら、王家に次いで高い地位の貴族だよね。その人が小さな町で宿屋をやってるお父さんのことを知ってるって、どういうこと？）

お父さんの言う『王都の知り合い』がこの人のことを指すのであれば、それって『知り合い』で片付けていいレベルじゃないんじゃないか。

私は足元の美しい絨毯《じゅうたん》を見つめながら、心の中でお父さんに恨《うら》み言《ごと》を呟く。

「ふたりとも、顔を上げて。私の名はジークハルト・バートリッジ。先ほども言ったが、この公爵家の当主だ。そして……」

一度言葉が止められたところで恐る恐る顔を上げると、公爵様は私を見て、にっこりと微笑んだ。

「ミラ、といったな。呼びかけに応じてくれてありがとう。君の父親との約束どおり、この王都での後見人は私が務めよう。君の父には、償《つぐな》っても償《つぐな》いきれない過去があるからな」

「はい……？」と答えながらも、私の頭の中では、思考の大渋滞《だいじゅうたい》が起きていた。

お父さんとの約束。償《つぐな》いきれない過去。

そして何より、『ジークハルト・バートリッジ』という名前。

ぐるぐるする頭の中に、乙女ゲームを語っていたスピカの声がふいに蘇《よみがえ》る。

『そういえばこのゲームって、何度かクリアしたあとに出てくる隠しキャラがいてね。国王の弟で公爵のジークハルトっていう、イケオジ枠のキャラなんだけど。攻略がめちゃくちゃ難しいんだよねえ。若い頃に盛られた毒が原因で病弱っていう設定で、なかなか心開いてくれなくて……』

そして私は、公爵様をもう一度見た。

公爵様は、私の不躾《ぶしつけ》な視線に対しても美しく笑みを返してくれる。肌つやはよく、やつれた様子もない。

（……公爵様、どう見ても健康そうなんだけど……スピカが言っていた人と、同一人物なの？）

攻略対象者のひとりであるらしい公爵様との突然の出会いに固まっていると、イザルさんがすっくと立ち上がった。

「公爵様。実はミラは、親父さん……カファルさんから何も聞かされていないんです。なので、今後も含めてわからないことだらけかと。ね、ミラちゃん」

イザルさんは、おそらく何かの事情を知っているのだろう。

現にこの状況でも、物怖《ものお》じせずに公爵様に話しかけることができている。

私は混乱しながらも、なんとか頷いた。

「は、はい……」

「……そうか。わかった」

暫《しばら》く顎《あご》に手をあてて何やら思案していたらしい公爵様は、また真っすぐに私を見た。

「立ち話もなんだ。旅の疲れもあるだろうから、まずはミラ嬢を部屋に案内してくれ。準備が整ったら部屋で話をしよう」

公爵様の言葉を皮切りに、並んでいた使用人たちは俊敏《しゅんびん》に動き始める。

私はメイドさんのひとりに連れられて、豪華な屋敷の客室に通される。その広さに多大な衝撃を受けた。

呆然《ぼうぜん》とする私にお構いなしに、メイドさんは着替えるよう促《うなが》してくる。

着替えには、水色のワンピースが用意されていた。

どう見ても高そうなそれを着ることを、最初は断ったが、「お嬢様のお古《ふる》ですのでお気になさらず」と押し切られた。

実際に身につけると、肌触《はだざわ》りがすごくいい。流石《さすが》は貴族。

(それにしても……娘がいるってことは、公爵様はバツイチか何かなのかな)

乙女ゲームで、攻略対象と不倫するのは流石《さすが》にないだろう。

王弟で公爵で病弱で子持ち……かなり大盛りの設定だ。攻略が難しいのも頷ける。

これでよくスピカは逆ハーエンドを狙っていたものだと、今更ながら遠い目をした。

準備を終えた私は、応接間に案内される。そこには、既《すで》に公爵様が待っていた。

「ミラ嬢、君が類稀《たぐいまれ》なる料理の才能を持っていることは、聞き及んでいる。加えて、大恩のあるカファルの娘だということも。君が王都行きを望んでいるという話を聞いて、力になれないかと思っていたんだ」

向かいのソファーに腰掛ける公爵様は、とてもにこやかだ。

公爵様の発言の中の私は、なんだかすごく過大評価されているような気がする。

私があの町で作っていたのは、お祭りのときを除いて、ほとんどうどんメインの料理だ。

毎日豪華なフルコースを食べているであろう高貴な人に認めてもらえる理由が、全くもってわからない。

心の中で首を傾げている私を置いて、公爵様はさらに続ける。

「君の意思を尊重してほしいと、カファルから言われている。料理をしたいんだったら、この公爵邸の料理人となってもいいし、王宮に勤めることもできるが、どうだ？」

公爵様に聞かれて、一瞬言葉に詰まってしまった。

料理がしたい気持ちは本当で、王都に来たかったのも本当。

だけど、私が作れるのは、作りたいのは、家庭料理のようなものだ。

「……あの……私……」

私が躊躇《ためら》いながら口を開くと、公爵様は優しく先を促《うなが》してくれる。

「なんだ？　言いたいことがあったら言っていい。大体のことは叶えられる。自分の店を持ちたいか？」

私は意を決して、自分の思いを伝えることにした。

「いっ、いえ！　そんな大層なことは望んでいません。あの、私、料理はしたいんですが、お客さんの顔を見るのも好きです。宿屋の食堂みたいに、いろんな人が集まって、騒がしくしているのが好きです。なので、できたら、どこかの食堂で働きたいのですが……」

恐縮しながらもそう言う。

恐る恐る公爵様を見ると、彼は怒ってはいなかった。それどころか、微笑んでいるように見える。

「……ふ。カファルも同じようなことを言っていた。『殿下、下町にはこんなに美味《おい》しいものがあるんですよ』と、いつも食べものの話を聞かせてくれた。たまに作ってもくれたな。鳥籠《とりかご》のような王宮から連れ出してくれて……。わかった。君の働く場所は私が責任を持って探そう」

公爵様はそう言い切ったあと、ああそうだ、と思い出したように続けた。

「ミラ嬢、君に頼みがある」

「はい、なんでしょう」

私が背筋を伸ばして聞くと、公爵様は少し恥ずかしそうに口を開いた。

「たまごのうどんとやらを、私にも食べさせてくれないか。甥《おい》がやけに気に入っているものでな」

どうやら、私はまたうどんを作ることになるらしい。

思いもよらない要望に驚いたものの、私は二つ返事で引き受けた。

そしてそのまま、たまごのうどん——温玉釜玉《おんたまかまたま》うどんを作るために、公爵邸の厨房に立つ。

立派な石窯《いしがま》に、大きな氷室。そしてたくさんの種類の食材。

当たり前だが、小さな町の宿屋とは桁違《けたちが》いに、厨房の設備が充実している。私はいたく感動した。

そして、これが何より感激したのだが、デザートを作ることも多いらしい厨房には、マドレーヌの型やタルトの型など、創作意欲を掻《か》き立てるものがたくさん置いてある。

もはや興奮が止まらない。

「……今はうどんを作らないと。えーっと、卵とうどんと……」

「欲しいものがあったらなんでも言ってくれ。オレたちも巷《ちまた》で噂《うわさ》の『たまごのうどん』とやらが気になってるんだ」

私が欲望を振り払って材料を確認していると、ひとりの男性に声をかけられた。

公爵様直々《じきじき》にこの厨房に案内された際、料理長だと紹介された人だ。

彼は興味津々《きょうみしんしん》といった様子で私の手元を覗《のぞ》き込《こ》む。緊張するが、ここの厨房の勝手がわからないので、素直に甘えて手伝ってもらうことにした。

そして、すぐにシンプルな温玉釜玉《おんたまかまたま》うどんを作り上げる。

温泉卵を見て「革命だ……！」といたく感動する料理長にお礼を言いつつ、私は急いで公爵様のもとに戻った。

無事に温玉釜玉《おんたまかまたま》うどんは公爵様の手に渡った。私は慣れた様子で麺《めん》をすする彼を、ぼんやりと眺める。

（本当に、この国の人たちはうどんが大好きだなあ。セイさんもレオも、とっても喜んでくれてたっけ）

彼らに初めてこのうどんを振る舞ったときのことを思い出し、胸がほっこりする。たまごのうどんがないと知ったときのレオが、とても可愛かったなあ。

「――うん。旨《うま》いな。あの子たちが夢中になるのもわかる。ミラ嬢、疲れているだろうに、ありがとう。やはり君をここに招いた私の判断は間違っていなかった」

「ありがとうございます……！」

公爵様からお褒《ほ》めの言葉をいただいて、嬉しい。

「うちの厨房を自由に使っていい。カファルの話では、よく厨房で試作品を作っていたのだろう？　同じように使ってくれて構わない。料理人たちには私から話しておく」

願ったり叶ったりな言葉に、私はついつい前のめりになってしまう。

「いいんですか……⁉　実は、ここの厨房の設備がとても気になっていたんです。他の方の迷惑ではないでしょうか？」

あの設備が使えるのは楽しみすぎる。だが、他の人の邪魔にならないかが心配で、そう尋ねた。

「問題ない。むしろ彼らにもいい刺激になるだろう。気になるのであれば、君専用の厨房を作らせよう。それでいいか？」

公爵様は事もなげに言う。私は「いいえ、大丈夫です！　厨房にお邪魔させてもらえれば十分です！」とぶんぶんと首を横に振った。

そうして、公爵様と話し合った結果、週に四日は王都の彼の知り合いの食堂で働き、公爵邸の厨房への出入りは自由という、ありがたい状況が実現することになった。

私はこれからの新しい生活に、胸をときめかせるのであった。

公爵邸で過ごし始めてから、一週間ほど経った。

私は毎日のように公爵邸の厨房にお邪魔している。

ちなみに、王都の食堂で働き始めるのは、来週からということになっている。

住まいについては、公爵様は「屋敷の客室を使っていい」と言ってくださったのだが、どうしても気が引けたので、使用人と同じところに住むことになった。

それでも、うちの宿屋の屋根裏部屋より広かったのは驚きだった。

屋敷に来た次の日には誂《あつら》えてもらっていた子供用のコック服に身を包み、腕まくりをする。

「ミラ。今日は何を作るんだ？」

私が忙《せわ》しなく動く料理人たちの邪魔にならないように、隅っこでゴソゴソと準備をしていると、後ろから声がかかった。

「シルマさん。おはようございます」

私より淡い榛色《はしばみいろ》の髪を持つこの少年は、私よりも四つ歳上のコック見習いだ。

この厨房では、私の直属の先輩ということになる。十歳のときからこの屋敷にいるという彼は、同じような境遇の私に優しくしてくれる、よき先輩だ。

シルマさんだけでなく、この屋敷の使用人の皆さんは、突如《とつじょ》現れたちんちくりんの小娘にも気を悪くせず、優しく接してくれている。

隣の部屋になったメイドのフィネさんは私より三つ年上で、「わからないことがあったらなんでも聞いてね」と、お姉さんのように何かと気にかけてくれている。

あの日温泉卵の作り方を知って感動していた料理長は、新メニューの開発に精を出している。

日本風の温玉《おんたま》のせカルボナーラが発明される日も遠くないかもしれない。

小説や前世の経験から、新人はいびられるものだと想像していたので、大きく気が抜ける結果となった。

「今日は料理長からりんごを分けてもらったので、りんごのパイを作ろうと思っています」

私はりんごにさくりと包丁を入れながら、シルマさんの質問に答える。

「へー。それも、故郷の味ってやつ？」

「……そうです！」

『故郷の味』という回答は、何故そんな料理を知っているのか、と聞かれたときの常套《じょうとう》句《く》だ。

嘘はついていない。日本だって故郷だもん。

くし切りにしたりんご、砂糖、レモン汁を入れて火にかけたら、次は生地《きじ》の準備だ。

バターを途中で折り込むタイプのパイ生地《きじ》を本格的に作るのは手間がかかるから、今日は簡単なほうの生地《きじ》作りにしよう。

「手慣れてんなぁ」というシルマさんの声を聞きながら、私は小麦粉の入ったボウルに冷やしたバターを入れて、カードというヘラのような器具で切るようにすり混ぜる。

ポロポロとした粒《つぶ》が出来上がっていく様子を見るのは、とても楽しい。

火にかけた小鍋からは、煮詰められているりんごの甘い香りが、ふわりと漂《ただよ》ってきた。

「オレ、菓子はまだ作ったことないんだよ」

そう言いながら、シルマさんは私の近くに腰掛けて、するすると野菜の皮剥《かわむ》きを始める。

私は少し驚いて、彼のほうを見た。

「そうなんですね。でも、ここにはお菓子の器具がたくさんありましたよ？」

「奥様がマドレーヌの味にかなり厳しいから、菓子作りには修業がいるんだ。ミラもそのうち、しごかれるんじゃないか」

そうなんですね、と彼に相槌《あいづち》を打ちながら、暫《しばら》く頭の中を整理する。

（あれ……奥様はご健在なんだ。公爵様って、奥様がいるのに攻略対象者なの？　不倫扱うなんて、この乙女ゲーム、大丈夫なのかな？）

全く大丈夫な気がしない。

ポロポロしている生地《きじ》に冷水を入れてひとまとめにしながら、今すぐにでもスピカに会って、真相を問いただしたくなった。

とりあえず、今はパイ作りだ。

大きな氷室の隙間を借りて、先ほどまとめた生地《きじ》を小一時間休ませる。

鍋のところに戻ると、砂糖とレモン汁を加えたりんごからは水分が出て、ふつふつと気泡《きほう》ができていた。焦《こ》げないように気をつけながら、木べらで動かす。

爽《さわ》やかなりんごとレモンの香り。それからキャラメリゼされて茶色く色づき始めた、砂糖の甘い香り。

個人的には少ししゃっきりとした歯応《はごた》えが残るのが好みなので、もう少し煮たら完成だ。

「ミラ、お前本当にどこかの店で修業したわけでもねーの？」

引き続き、じゃがいもの皮を剥《む》きながら、シルマさんはそう問う。私は目を逸《そ》らしつつ、それに答えた。

「実家が宿屋だったから、お父さんが料理をしているのを見る機会が多くて……」

「いや、でもなあ。見様見真似《みようみまね》でできるもんか？　まさか……ミラ、お前……」

私を真っすぐに見て、シルマさんは包丁を動かす手を止めた。

続く言葉がなんとなく怖くて、緊張してしまう。

「お前がいわゆる天才肌ってやつか！　やべーな、オレなんかすぐ抜かれちゃうな。いや、既《すで》にもう抜かれてる気もするわ」

「は……いやいや、そんなことないですよ」

「あるある！　見たことない料理ばっか作ってるし、すげーって！」

楽しそうに目を輝かせるシルマさんに、私は拍子《ひょうし》抜けしてしまった。この人、とてもいい人だ。

ちょっと前世の記憶持ちというズルをしているだけで、本当の天才はもっとすごいと思う。

パティシエの修業は勿論《もちろん》やったし、家庭料理はそれこそ、家庭に入ったときにたくさん作った。

そう思ったとき、私の頭に疑問が過《よぎ》る。

（……ん？　私、結婚してたのかな？）

自然にそう考えたが、相変わらず記憶は曖昧《あいまい》だ。

だけど目を瞑《つぶ》ると、赤ちゃんの小さな手が、大人の指を掴んでいる映像が浮かぶ。

今世での私とお母さんの記憶なのかもしれないし、定かではないけれど。

私は考えるのを一度やめた。

手が空《あ》いたので、鍋の様子を見ながら私もシルマさんを手伝って皮剝《かわむ》きをする。

集中して黙々と作業をしていると、厨房の入り口からざわめきが聞こえてきた。

「――お父様が新しく雇《やと》ったという料理人はどこ？」

「お嬢様、厨房は危ないので入ってはいけません」

「私も是非会いたいんだもの。美味《おい》しいうどんが作れると聞いているわ」

鈴を転がすような少女の声がする。それと、窘《たしな》める大人の声。

新しく雇《やと》った料理人で、うどんを作るといったら……私のことでしかない気がする。

困惑しながら、私はじゃがいもに向けていた視線を声のほうへと向けた。

「あ！　あの子でしょう！　ふふ、見つけたわ」

赤みを帯びた金の髪に、ぱっちりとした大きな空色の瞳。

とても愛らしい容姿をした少女と、しっかりと目が合った。

可愛い。そう思っている間に、その子は嬉しそうに笑いながら私のところへと駆けてくる。

「お嬢様！　厨房は滑《すべ》りやすいので走ると危のうございます！」

青ざめた侍女が後ろから来ているが、今からではとても追いつきそうにない。

「平気よ。だって走る練習はいっぱいしてるものっ」

その可憐《かれん》なかんばせに似つかわしくない素早い動きで、あっという間に私の前へと来た少女は、にっこりと満面の笑みを浮かべた。

「私、アナベルというの。あなたの名前は？」

「私は……ミラといいます。少し前からお世話になっています」

私は、深く深く頭を下げる。この少女がこの公爵家のご令嬢であることは、流石《さすが》の私でも一目でわかった。

普段は領地で過ごしているという彼女は、昨晩遅くにこちらに来たらしい。

その話は、私も朝食の時間にフィネさんから聞いていた。

一介の料理人見習いである私が、お嬢様に会うことはあるのだろうかと、そのときはぼんやり考えていたが、その機会がやってきたようだ。

何故かはわからないが、アナベル様の顔立ちは、私にとってどこか懐かしい、見覚えのあるものだった。

私が覚えている前世の知識なんて、パティシエだったことと家庭料理と異世界小説くらいなのに、どこで見たというんだろう。乙女ゲーム自体はやったことないし。

――ああでも、唯一知っている乙女ゲームのヒロインは、アナベルという名前じゃなかっただろうか。

「どうしたの？　大丈夫？」

小首を傾げる彼女を見ていると、体に電流が走るような感覚があった。

『私、今乙女ゲームにハマっててね。見て見て、このヒロイン、アナベルちゃんっていうんだけどめちゃ可愛いの。生い立《た》ち《お》はやばいけど。私、このゲームで逆ハールート狙ってるんだ～』

私の記憶の中で、そう笑っている黒髪の女性は、一体誰だろう。

繋《つな》がるように物事を思い出す感覚は、スピカに『ざまあ』を教えたあの日とよく似ていた。

混沌《こんとん》とする記憶の中で思い出すのは、スピカと語り合ったあの夜のことだ。

『この乙女ゲームは、シリーズの第二弾って話したよね？　第一弾は割と人気出たから、そのあとノベライズもされたんだよ。勿論《もちろん》、わたしはゲームをやって、全キャラ攻略したけどね！　……ただ、小説は読むと眠くなるから読んでない』

あの夜、スピカはそう言っていた。そのときに、何故気がつかなかったのだろう。

私はそのノベライズ版を知っている。

そして、その第一弾の乙女ゲームも、前世の友人から説明を受けては、あまり興味がなくて聞き流していた気がする。

私が前世で乙女ゲームものの小説を読み始めたのは、それがきっかけだったというのに。

今まで霧《きり》がかかったようだった記憶が、一瞬大きく開《ひら》けた。

だけどまた、謎の頭痛が私を襲う。

「ミラ、気分でも悪い？　私が急に話しかけたから、迷惑だったたわよね……」

目の前の少女の空色の瞳が、悲しそうに揺れている。

私が知っている『アナベル』は、赤っぽい金髪ではなく普通のブロンドだった。

それに、既《すで》にスピカというヒロインがいる世界で、別のゲームヒロインがいるなんて、何かがおかしい。盛りすぎにもほどがある。

やっぱり、この世界の現実は、ゲームと違っているのだ。

改めて、スピカを制止しておいてよかったと思う。

謎の頭痛がおさまり、私は気を取り直すと、真っすぐに彼女を見据《みす》えた。

「いえ、少し考えごとをしていただけです。ご心配をかけて、すみません。でも、アナベル様。厨房はお怪我《けが》をする可能性が高いので、走ったら危ないです。床面は滑《すべ》りやすいし、火を扱っていますから。いくら走るのがお得意でも、油断はいけません」

その瞬間、周りはしんと静まり返った。

周囲の視線が私とアナベル様に注《そそ》がれているような気がする。

（――あ）

ぱふりと両手で口を押さえるも、もう今更だった。

ちんけな平民の料理見習いが、この家のお嬢様に偉そうに意見してしまった。

スピカにあれだけ合言葉を言わせていたのに、自分がそれを破ってしまうなんて。

この世界で身分差は、絶対だ。こんなこと許されるわけがない。

目をまんまるにして私を見ていたアナベル様は、暫《しばら》く黙ったあと、にっこりと微笑んだ。

「ミラの言うとおりだわ。私、いつもお転婆《てんば》だって侍女たちに叱《しか》られるの。私がここで怪我《けが》をしたら、料理をしているみんなに迷惑をかけてしまうわね。考えが足りなかったわ」

「え……あの……」

「左様でございます、アナベル様。私も何度も言っているでしょう。走り回るのは結構ですが、他人に迷惑をかけてはいけませんよ」

私がしどろもどろになっていると、アナベル様の後ろから、ずい、と厳しそうな顔立ちの女性が現れる。紺《こん》のお仕着せをぴしりと着こなすその人は、きっと彼女の侍女なのだろう。

「――ミラ、といいましたか」

その侍女の鋭《するど》い眼差《まなざ》しが私に向けられて、思わず背筋がぴんと伸びた。

「直接会うのは初めてですね。私はアナベル様の侍女をしているレーナと申します。ご忠告ありがとう。ただ、時と場合によっては進言が仇《あだ》となる場合がありますので、気をつけなさい」

「は、はい。ごめんなさい……」

レーナさんにそう言われ、私はしゅんと肩を落とす。

けれどすぐに鋭《するど》い眼差《まなざ》しは緩められ、レーナさんは茶目っ気たっぷりに微笑んだ。

「ですが、見てのとおりこのお嬢様はお転婆《てんば》なので、例外です。いつでも叱《しか》ってくださって結構です。私が許可します」

その後ろでアナベル様が「もう、ひどいわ！」とぷりぷりと頬を膨らませている。

第一弾のヒロインであっただろう彼女は、やはりヒロインらしく愛らしさと素直さを兼ね備えている。私が読んだノベライズ版は、ゲームのシナリオの前日譚《ぜんじつたん》的な内容だったので、『アナベル』はあまり登場しなかった。だが、彼女が恵まれない境遇だった記載はあったはずだ。こんなに何不自由ない生活をしていたとは考えにくい。

そうなると、この子も前世の記憶があって、あえてゲームのシナリオを無視して行動しているのだろうか。とはいえ、乙女ゲーム自体の話となると、私には内容がほとんどわからない。

——ということは。

（私があれこれ考えたってしょうがないか。なるようになるはず）

「……おい、ミラ。鍋は大丈夫なのか？」

乙女ゲームに関する考察を放棄《ほうき》したところで、シルマさんがこっそりと私に耳打ちしてくれた。そうだ、りんごを火にかけたままだった。

蓋《ふた》を開けて、鍋肌に触《ふ》れているりんごをかき混ぜると、甘酸《あまず》っぱい香りがする。

近くにいるアナベル様も、うっとりとしている。

「いいにおいだわ。ねえ、これは何を作っているの？」

「アップルパイを作ろうとしているんです」

私が言うと、アナベル様は得意げに頷いた。

「アップルパイって、あのりんごを焼いたお菓子ね？　硬いお皿みたいな入れ物にりんごが入っているものでしょう。私、見たことあるわ」

「……硬いお皿、ですか？　いえ、パイ生地《きじ》はサクサクですよ」

「パイがサクサク……？　それって、どういうものかしら」

パイといえばサクサクだろうと当たり前のように答えたのだが、アナベル様だけでなく、シルマさんや侍女のレーナさん、そして聞いていたであろう他の料理人たちも首を傾げていた。

（……もしかして、この世界のパイは、まだサクサクではないのかも）

なんだかまたやってしまった気がするが、「私の故郷ではサクサクでした」と誤魔化《ごまか》すことで、なんとなく事なきを得た気になった。

「サクサクのパイ、出来上がったら、是非食べたいわ！」

アナベル様は、目を輝かせている。ひとまず、生地《きじ》作りと焼成をしなければいけないので、一度厨房から出て待ってもらうことにした。

休ませていた生地《きじ》を氷室から取り出し、バターの粒《つぶ》が層になるように麺棒《めんぼう》で伸ばす。

それから広げてはたたみ、広げてはたたみを六回ほど繰り返す。

バターを薄《うす》く伸ばして生地《きじ》に折り込んでいく手法と比べたら、サクサク感は少し落ちるが、この簡易な方法でもそれなりの食感は得られる。

型に生地《きじ》を入れ、りんごのフィリングを詰めたら、またパイ生地《きじ》を上に被《かぶ》せる。

仕上げに、表面に溶《と》いた卵黄を塗《ぬ》れば、あとは焼くだけ。

そうして焼き上がったパイは綺麗な焼き色で、バターの芳《こう》ばしさとりんごの甘い香りが食欲をそそる。パイが焼き上がったことを知らせると、すぐにアナベル様の部屋でお茶会が開かれることになった。

「さくさく……確かにこれは、サクサクだわ！」

切り分けたアップルパイにフォークを入れたアナベル様は、そう感嘆の声をあげた。

その横で、レーナさんがまじまじとホールのアップルパイの模様《もよう》を眺めている。

「この網目模様《あみめもよう》も、とても芸術的ですね」

「ええ、とっても素敵だわ。それに、この中のりんごはとろりと甘いのに、真ん中はしゃきっとしていて、外のサクサクのパイととっても合うの！」

アナベル様は頰を押さえながら、うっとりと咀嚼《そしゃく》し続けている。

アップルパイの包み方はいろいろあるけれど、私はこの籠《かご》のような網目模様《あみめもよう》にするのが好き。

時間はかかるけど、縦と横の線を編《あ》むように飾っていく工程はとても楽しい。

残ったパイ生地《きじ》は、同じく余ったりんごのフィリングを包んで大きな餃子《ぎょうざ》のような形にして焼いたものと、細長く切ってくるくるとねじり、砂糖をまぶしただけのシンプルなシュガーパイになった。

厨房にいるみんなもサクサクのパイに興味津々《きょうみしんしん》の様子だったため、どうぞ、と勧《すす》める。

レーナさんはアナベル様が食べるのを見守りながらも、自身は食べようとしない。

すると痺《しび》れを切らしたように、アナベル様が口を開いた。

「ねえ、レーナも食べてみて！　こんなに美味《おい》しいのに、ひとりで食べるなんて嫌だわ」

「しかし……」

「お願い……こんなに美味《おい》しいのだからみんなで食べましょう！」

レーナさんは戸惑《とまど》いながらも、アナベル様のとても可愛らしいお願いに陥落《かんらく》したようだ。

「今日だけですからね。ほらみんなも座りなさい。あなたもよ、ミラ」

「ふえっ、は、はい」

そんなこんなで、アナベル様とレーナさん、この部屋にいたメイドたちと私は、ひとつのテーブルを囲んでお茶を楽しむことになった。

この世界で初めて作ったアップルパイは、新しくも懐かしくもあって、甘いりんごとサクサクのパイ生地《きじ》に、私もとっても満足だ。

みんなでパイを食べ終わり、紅茶を飲んでひと息つく。

「……ふう。美味《おい》しかったわ。紅茶にもとても合うのね」

そう言うアナベル様に、私は頷いた。

「そうですね。パイを食べると喉《のど》が渇《かわ》きますし、りんごは紅茶に合いますので」

「ふふ、確かにサクサクは喉《のど》が渇《かわ》くわね。ねえ、ミラ。パイのお菓子って他にもあるのかしら？」

アナベル様の質問に、レーナさんたちも目を輝かせているように見える。

よっぽど、このサクサクのパイが新鮮だったのだろう。私自身も、パイが作れるとわかったことで、ますますお菓子作りの可能性が広がった気がしている。

「そうですね……甘いものでしたら、中の果物を季節のものに変えたり、カスタードクリームを挟んだり、いろいろできますね。パイとクリームを順番に重ねて、ミルフィーユというお菓子もできますし、さつまいもやかぼちゃを入れたらほっこり美味《おい》しいです。甘くないものだったら、お肉を使ったミートパイ。あとはシチューの上にパイを被《かぶ》せて焼くと、ポットパイができます」

頭の中に浮かんだパイを、思いつくままにつらつらと並べる。

ポットパイを崩しながら、あったかいクリームシチューと食べるのなんて、ご馳走《ちそう》感があって大好きだった。

それを聞いて、アナベル様は蕩《とろ》けるような表情で両手を合わせた。

「すごいわ……全部美味《おい》しそう……考えただけでお腹が空《す》くわ」

「お嬢様、はしたのうございます。ですが本当に、全て美味《おい》しそうです。ミラの知見はすごいのですね。流石《さすが》旦那様がお連れになった方です」

レーナさんの言葉に、アナベル様は頷く。

「ええ、私と同じくらいの歳に見えるのに。ミラはいくつ？　私は十一歳よ」

アナベル様は私より年上のようだ。十歳です、と答えると、アナベル様が「そうだわ！」と言って手を叩いた。

「来月のうちのお茶会で、ミラにそのパイのお菓子を作ってもらいましょう！　お母様も久しぶりに戻ってこられるし、従兄弟《いとこ》も来るわ。大丈夫、身内だけのこぢんまりとしたものだから。さっきのパイでみんなをびっくりさせたいの」

「え……いいえ、あの……」

戸惑《とまど》う私に構わず、アナベル様は話し続ける。

「お父様が帰ってきたら、すぐにでも言うわね！　楽しみだわ！」

アナベル様の中では、既《すで》に決定事項のようだ。

嬉しそうにそう微笑まれると、断れない。

困ってレーナさんを見ると、諦めろという目で首を横に振られた。

（……公爵家の身内って、高貴な方々の集まりなんじゃ……？）

そんな催《もよお》しのお菓子を担当することになるなんて、責任が重すぎやしないか。

にこにこと笑みを浮かべるアナベル様を見ながら、私は遠い目になるのだった。

五　下町の食堂と待ち人

「ミラちゃーん！　あっちのテーブルに焼きうどん二つ追加、いけるかい？」

「はい、大丈夫だと思います！」

「それが終わったら上がっていいからね。まだ小さいのに働きすぎだ」

「ありがとうございます、リタさん」

この店を切り盛りする女将《おかみ》さんに返事をして、私は焼きうどんを作る。

アナベル様にアップルパイを振る舞ってから、二週間が経った。

先週からお世話になっているこの食堂は、王都の平民街……いわゆる下町にある大衆食堂だ。

下町の食堂といっても、やはりここは王都。うちの宿屋の食堂よりも断然広いし、どこか洗練されている。

公爵様直々《じきじき》の紹介ということで、どんな店だろうかと緊張していた。けれど、このお店の佇《たたず》まいと、店主のリタさんの竹を割ったような性格によって、あっという間にこのお店が大好きになった。

公爵様は、若い頃にお忍びでこの店を訪れていたそうだ。

この店の女将《おかみ》のリタさんは、見た目は三十代後半なのだが、公爵様が初めてこの店に来た二十年ほど前からその容姿は変わらないらしい。いわゆる美魔女という部類の御方だ。

『話は聞いてるよ。うちでも好きにやっていいからね』と素敵な笑顔を見せてくれたリタさんに、私は焼きうどんを披露《ひろう》した。

すると、焼きうどんはこの店のメニューにすぐに加わることになった。汁のないうどんというものが珍しかったのか、初日からたくさんの注文が入って、私も嬉しかった。

今日も焼きうどんは大好評だ。もう何皿目の注文になるかわからない。流石《さすが》に腕が疲れてきた。成人していた前世とは違って、まだ子供の体だから当然だろう。

それに、パティシエ時代も鍋はそこまで振るっていなかった。クリームやメレンゲの泡立てでは、大分《だいぶ》二の腕が鍛《きた》えられたけど。

「リタさん、焼きうどん、二つです」

「ありがとう！　今日も助かったよ。ゆっくりご飯でも食べて、あとは好きに過ごしていいからね」

私はリタさんのお言葉に甘えて、ひと休みすることにした。

休憩のための別室で、賄《まかな》いの焼きうどんを食べる。

「うん、今日も美味《おい》しい！」

我ながらいい出来だ。醤油《しょうゆ》の芳《こう》ばしさをまとうもちもちのうどんを食べながら、ふと、王都にいるであろう友人の姿が脳裏《のうり》を過《よぎ》った。

（いつも向かい合って夜食を食べたなあ。……スピカは今、どうしているんだろう）

私が作るものを、なんでも美味《おい》しい美味《おい》しいと食べすぎるくらい食べてくれた、食いしん坊の彼女。ハムスターのように頬張《ほおば》るその姿を思い出すと、思わず笑みがこぼれてしまう。

（元気にやってるよね。……うん、あのスピカだもん）

同時に寂しい気持ちにもなりながら、私は残りの焼きうどんを口に運んだ。


それから三日後、私が下町の食堂に着くと、厨房の作業台の上にはキャベツがどどんと積み上げられていた。

「ああ、ミラちゃんいらっしゃい」

「リタさん、これは……？」

私が問うと、キャベツの山からひょっこりと顔を出したリタさんは呆《あき》れ顔《がお》だ。

「知り合いの商人がさあ、キャベツが余ってるからって置いていったんだよ。いいよとは言ったけど、よくまあこんなに持ってきたもんだ。しかも、『あとで寄るから美味《おい》しく料理しといてくれ』だと。全くあいつはいつも勝手なんだから」

ぶちぶちと文句を言ってはいるが、その顔は怒っていない。『あいつ』はきっと、気心の知れた相手なのだろう。

リタさんはキャベツをザクザクと手際《てぎわ》よく切っているが、やはり量が量なだけあって、まだまだ先は長そうだ。

「リタさん。このキャベツ、どうするんですか？」

「どうしようかねぇ。嵩《かさ》を減らすためにスープに入れるのもいいけど、この量だ。スープばっかりもねえ。野菜炒《いた》めにしてもいいんだが……」

悩みながらも包丁の手は止めないリタさんの横で、私もメニューを考える。

ここは食堂だから、おかずとして提供できるものがいいかもしれない。

キャベツを使ったおかず。だったら――

そこまで考えて、私は大好きなメニューを思いついた。

ざくざくジューシーな、あれだ。

「リタさん。あの、提案なんですが。メンチカツなんてどうでしょう。ザワークラウトとスープも添えると、一気にいろんな食感のキャベツをたくさん食べられます」

「メンチカツ？　そりゃ一体どういうものだい？」

リタさんは首を傾げる。この国には、メンチカツもまだないらしい。私はぐっと身を乗り出す。

「ひき肉とキャベツと玉ねぎのみじん切りを混ぜて作ったタネに、衣《ころも》をつけて油で揚《あ》げるんです。揚《あ》げたてはとってもジューシーで美味《おい》しいですよ！」

「……聞いてるだけでも美味《おい》しそうだ。じゃあミラちゃん、そいつを頼めるかい？　作り方を覚えたらあたしらもやるからさ。ああ、キャベツを切るのは任せな」

「はい！」

私のために用意してもらった子供用のエプロンをつけて、気合いを入れる。

今日はキャベツ尽くしになりそうだ。早速《さっそく》いくつかメンチカツを作り上げる。

最初に揚《あ》げたメンチカツをリタさんや食堂で働くみんなで食べて、これは美味《おい》しいと、メニュー入りがすぐに決定した。

サクサクの衣《ころも》に、ひき肉からじゅわりと肉汁が溢《あふ》れて、そこにキャベツと玉ねぎの甘さとしゃきしゃきの歯応《はごた》えが加わって……とにかく最高だ。

キャベツをたっぷり入れておくと、ヘルシーな気分になって罪悪感が薄《うす》れるのもいいと思う。

メンチカツ定食の下準備を終えた私は、揚《あ》げる作業をリタさんや他の人に任せてホールに出た。

流石《さすが》に揚《あ》げ物《もの》をひとりでやり続けるのは大変なので、よかった。

開店してからパラパラと入り出したお客さんは、昼が近くなるにつれてどんどん増えてきた。

時折「むおっ！」とか「むむっ！」とかおじさんたちの唸《うな》り声《ごえ》が聞こえるのは、メンチカツを気に入ってもらえてると思っていいのか……まあ、いいということにしておこう。

そのときカラン、と入り口のベルが鳴り、新たな来客を告げる。

そこにはすらりとした長身の青年と、綺麗な赤髪をおさげにした少女のふたり組が立っていた。

「いらっしゃいませ。おふたりですか？」

「はい。とても美味《おい》しそうな香りがしたので。空《あ》いていますか？」

私が声をかけると、青年のほうから返答があった。

店内を見回すと、生憎《あいにく》テーブル席はいっぱいだが、カウンター席の端にふたり分のスペースがあるのを見つけた。けれど、そのふたりを案内していいものか少し迷う。

少女はシンプルな服装をしているが、ただの町娘とは思えない。商家のお嬢様のような雰囲気があるのだ。

「あの、カウンター席しかないんですが、いいですか？」

断られるかもしれないと思いつつそう尋ねると、意外にもお嬢様のほうから「構わないわ！」と元気な声が返ってきた。

ふたりを席に案内したあと、おすすめを尋ねられた私は、本日絶賛売り出し中のメンチカツ定食を勧《すす》めてみた。それから、このお店の不動の人気メニューである肉うどんと、新入りの焼きうどんも。

「メンチカツに、肉うどん……？　それに、焼きうどんですって……⁉」

私が伝えたメニューを復唱して、お嬢様は驚愕《きょうがく》の表情を浮かべている。

鮮《あざ》やかな赤い髪色と、陶器《とうき》のようなつやつや肌。どこか妖艶《ようえん》な雰囲気のあるきりりとした瞳は、髪色よりも落ち着いた、茶に近い紅色《べにいろ》だ。

（――これは……絶対に普通の女の子じゃない）

平民歴十年の私からすると、どう見てもこの人はどこかのお嬢様だ。そんなお嬢様が、メニューを聞いてわなわなと声を震わすものだから、何か粗相《そそう》があったかとどきりとしてしまう。

「は、はい……。あの、どうされますか?」

とりあえず注文を聞いて、すぐに厨房に引っ込もう。

そう内心ドキドキしながら問うと、青年のほうがふうと大きく息をついた。

「店員さん、申し訳ありませんが、全てお願いできますか」

「全て、ですか?」

私は思わず目を見開いた。ふたり分の昼食にしては、どう考えても多い。

けれど、お兄さんは平然と頷いた。

「ええ。そのメンチカツと、肉うどんと焼きうどんとやらを。全て一人前で結構ですので」

淀《よど》みない敬語と、丁寧な所作。この青年もきっと、只者《ただもの》ではないのだろう。

(そういえば、セイさんもこんな感じだったなあ)

その人の仕草を見て、弟に対しても敬語を使っていたあの優しげなお兄さんのことを思い出した。

彼らは王都のどこにいるんだろう。レオもいつかここに食べに来ることがあるだろうか。

そのときはふたりにも美味《おい》しい新メニューを食べてもらいたいなと思いながら、私は注文を伝えるために、一度厨房に向かう。

暫《しばら》くして出来上がった料理を運ぶと、赤毛のお嬢様は感嘆の声を漏らした。

「ふわ……これ、本当に本物だ……！」

その隣で、青年は並べられた料理を不思議そうに眺めている。

「これがメンチカツ……？　中身はなんなのでしょう。焼きうどんというのも初めて見ました。あ、ちょっとお嬢！　じゃなくてベラ！　まだ食べてはダメです」

「――むぐ？」

青年の制止も虚《むな》しく、メンチカツはもう少女の口に入ってしまっていた。その人は少女に向けて伸ばしていた右手を額《ひたい》に当て、やれやれといった風に深くため息をついている。

「どうしたの、ウィル。ほら、とっても美味《おい》しいわよ。メンチカツは熱いうちに食べないと！　こっちの焼きうどんも……はわ……醤油《しょうゆ》のいい香り……」

お嬢様は、ぱくぱくとメンチカツを食べ進めながら、今度は焼きうどんにも視線を向けている。

とりあえず、気に入ってもらえたようで何よりだ。

心配で様子を窺《うかが》っていたが、満足そうにうどんを頬張《ほおば》るその様子に安堵《あんど》する。ふたりに一礼して、私はまた仕事に勤《いそ》しむことにした。

数十分後、ふたりは全て平らげたようで、席を立った。彼らが店を出る間際、お嬢様に声をかけられる。

「あの……とても美味《おい》しかったわ」

「お口に合いましたか？　よかったです」

「ええ！」

私の答えを聞いて、彼女はぶんぶんと首を縦に振る。

その様子はとても可愛らしく、どこかツンとすましていそうな外見とのギャップがすごい。

「また来るわ。……そうね、明日！」

「えっ」

お嬢様の言葉に、思わず口から驚きが漏れてしまった。その上、私の声は連れの青年の驚きの声と重なってしまったようだ。

笑みを浮かべてご機嫌の少女とは対照的に、私とその青年は暫《しば》し黙って目を合わせる。

どうやら、明日来るという言葉は現実のものらしい。

でも、料理を気に入ってもらえたことは嬉しい。

「はい。お待ちしてますね」

私がそう伝えると、お嬢様もにっこりと笑顔を返してくれた。


お昼は一旦店じまいとなった。

私とリタさんと、他のふたりで作っているメンチカツ定食は飛ぶように売れて、あっという間に完売した。今はまた、厨房にみんなで籠《こも》って夜の営業の準備中だ。

「まだまだあるねぇ〜」

「そうですね……」

キャベツ切りの鬼になっていたリタさんも、流石《さすが》に疲れたのか手を止める。

私も苦笑しつつ、リタさんに頷いた。

こんもりとした千切りの山が五つ……いや、六つ？

「余った分は全部、保存用にザワークラウトにでもしようかと思っていたが、こんなにはいらないしねぇ。それに、まだ切ってないキャベツもごろごろあるよ。あいつ、本当に何考えてんだか」

『あいつ』というのはきっと、馴染《なじ》みの商人さんのことなのだろう。

気になっていたその人は昼過ぎに来て、「旨《うま》い！　流石《さすが》はリタだなあ～」と人のよさそうな顔をさらに綻《ほころ》ばせていた。

そのおじさんの分だけ添えているキャベツが倍の量だったのは、リタさんなりの仕返しなのだろう。でも、メンチカツもひとつ増やしていたのを、私は知っている。

朝晩は大分《だいぶ》冷えるようになってきた。

だから夏に比べるとキャベツも傷《いた》みにくく、長持ちはするだろう。

だけど千切りにした分はそんなには保《も》たないから、今日明日中には食べきらないといけない。

それに、まだ丸のままごろごろと転がっているキャベツもなんとかしたい。

（……あ。あるじゃない。キャベツ料理の代名詞とも言える、あの二つの料理が）

鰹節《かつおぶし》やソースはないが、マヨネーズは作れる。長芋《ながいも》のような野菜も見かけたし、香草もある。

何より醤油《しょうゆ》があるから、それでなんとかなりそうだ。

それに、丸のままのキャベツだからこそ作れる料理もある。家で作るのはなかなかハードルが高いけれど、人数がいれば大丈夫だろう。そう考えて、私はリタさんに声をかける。

「リタさん、うちの故郷のキャベツ料理で、作ってみたいものがあります。お店に出すレベルではないかもしれませんが……」

「ミラちゃんが知ってる料理なら、きっと美味《おい》しいさ！　ひとまず作ってみておくれよ」

切ったキャベツを、大きな瓶《びん》に漬《つ》け込《こ》んでいたリタさんは、いつもの爽《さわ》やかな笑みを浮かべた。

私はお礼を言って、その料理の作り方を伝えたのだった。


そして、翌日のお昼。

「えっ……お好み焼き⁉」

昨日メンチカツをいたく気に入っていた赤髪おさげのお嬢様は、本当に今日もやってきた。

今日は変装のためなのか眼鏡をかけているが、高貴そうな雰囲気はあまり隠せていない。

連れのダークブロンドの青年と共にふたり掛けのテーブル席に案内すると、彼女は他のテーブルに運ばれる料理――キャベツたっぷりのお好み焼きに目を奪われているようだった。

そう。私が昨日リタさんに提案したのは、お好み焼きだ。

みじん切りのキャベツと卵と小麦粉。そして香草と擦《す》った長芋《ながいも》。全てをふわふわと混ぜ合わせて、生地《きじ》を作る。出汁《だし》の代わりに肉うどん用のスープを少しと、醤油《しょうゆ》を垂らして生地《きじ》に混ぜ込んだ。

そうしたら、油をよく熱したフライパンにその生地《きじ》をじゅうと流し込む。生地《きじ》の上に豚肉を並べて蓋《ふた》をして、暫《しばら》く経ったらくるりと返す。キャベツと豚肉の美味《おい》しいお焦《こ》げの香りがしてきたら、最後に醤油《しょうゆ》を鍋肌からくるりと回しかける。

そうするとさらに芳《こう》ばしくなり、ソースがなくても美味《おい》しいのだ。

熱々のままお皿に盛って、マヨネーズをたっぷりのせたら完成だ。

リタさんに昨日プレゼンしたところ、お好み焼きは見事、メニューに採用された。生《き》地《じ》の調整が少し難しかったが、何度かやって外はカリカリ中はふわとろを実現することができた。

お嬢様にどのような料理か説明しようとしていた私は、ハッとして尋ねる。

「ご存じなんですか？」

彼女の口から『おこのみやき』という単語が聞こえた気がしたのだ。

昨日あれだけ試行錯誤《しこうさくご》しながら作って、今日初めて振る舞われているこの料理名を知っているなんて不思議だ。

もしかしたら、この世界にはもうお好み焼きがあったのかもしれない。うどんがあるのだから、そうなっていてもおかしくはないもの。

けれどそうではないらしく、お嬢様はぎこちなく首を横に振る。

「い、いいえ、美味《おい》しそう、と言ったの。わたくしはあれにするわ。ウィル、あなたは？」

「そうですね……他におすすめは何がありますか？」

青年に問われて、私はにっこりと微笑む。

キャベツの葉一枚一枚を使って、ひき肉で作ったタネをくるんでコンソメスープで煮込んだあの料理も、すっかり食べ頃だ。

中のタネはメンチカツと同じもの。一回作れば、どちらの料理も仕込むことができる優《すぐ》れものだ。

一口食べると、旨味《うまみ》が溶け込んだスープと煮込まれて甘いキャベツ、そして閉じ込められたお肉の肉汁が口いっぱいに広がる。

「もうひとつのおすすめは、ロールキャベツです」

料理名を告げると、ウィルと呼ばれた青年よりも早く、おさげのお嬢様のほうが「それにするわ！」と即答した。

ふたりは配膳《はいぜん》した料理を美味《おい》しそうに食べていて、私はほっと胸を撫で下ろす。

お好み焼きとロールキャベツ、そしてメンチカツ。

飛ぶように売れた新メニューのおかげで、一週間もしないうちにキャベツの山は綺麗になくなった。


キャベツの件が落ち着いてから一週間ほど経った。今日はリタさんに連れられて、王都の市場にやってきた。

食堂からほど近くにあるそこは、早朝だというのにもう既《すで》に活気に満ちている。

たくさんの店の前に並べられた色とりどりの野菜、果実、乾物《かんぶつ》、香辛料――小物や調理器具を取り扱う出店もあり、もうなんというか、大興奮だ。

「リタさんリタさん、あのお店を覗《のぞ》いてみてもいいですか⁉　次はあっちを……」

「はいはい、わかったわかった。はあ、本当にあんたは、あのカファルの娘だねぇ。ここに初めて来たときの反応が全く一緒だよ」

やれやれ、と眉尻を下げながら、どこか懐かしそうな顔をしてリタさんは私を見つめた。

そうか、お父さんが……

（……ん？）

ふと違和感を覚えて、私はリタさんに尋ねる。

「リタさん、うちのお父さんのことを知ってるんですか？」

「おや、聞いてないのかい。カファルは若い頃よくうちの食堂に来ててね、えらく調理に興味を持って、最終的には厨房に入り込んで料理をしていたよ。人懐っこいやつだったもんねえ」

「そうなんですね」

リタさんが語るのは、私の知らないお父さんの姿。だけど容易に想像がつく。

きっと今みたいに、楽しそうに料理をしていたんだろうな。

「ミラちゃんは、うどんは好きかい？」

唐突にリタさんに問われて、私は「はい」と返す。前世でも今世でも大好き。それは間違いない。

私がそう思っていると、リタさんは意味深ににやりと笑った。

「あれはね、あたしがカファルと一緒に作ったんだよ。なんでも、レシピを入手したらしくてね。まあ、あとでそのレシピの考案者が当時の第二王子だって知ったときは、そりゃ驚いたもんさ」

「……え！」

衝撃的な事実に、私はぴしりと固まる。

(お父さんがこの世界のうどんを、最初に作ったの!?)

うどんの考案者は当時の第二王子。それは私も前から聞いていた話だ。

だけど、王子からレシピを入手できるなんて、お父さんは一体何者なんだろう。

王都の知り合いが公爵様で、お父さんも公爵様も、この食堂と馴染《なじ》みがある。

あれ、そういえば、スピカはゲームの公爵様のことをなんと言っていたっけ。

国王の、弟――?

「まあでも、カファルは何度やっても麺《めん》作りは一定のところから上達しなくて、あたしのほうがうまかったけどね。スープはなかなかのもんさ。あのあと一気に広まって、今じゃ国民食だもんねぇ」

つらつらと話を続けるリタさんに、私は頭に浮かんだひとつの可能性について、恐る恐る問いかける。

「……あの、ちなみにその考案者の第二王子って、今どこにいるんですか?」

「何言ってるんだい。ミラちゃんが今世話んなってんだろ。バートリッジ公爵が、その第二王子さ!　まさか知らなかったのかい」

リタさんは呆《あき》れ顔《がお》で言った。

（やっぱり、そうなんだー！）

私は小さく驚きの声を漏らしながら、心の中では大絶叫した。

かつての王子と関わりがあったうちのお父さんって、本当に何者なんだろうか。

ただふらりとあの町に来て、宿屋でお母さんと出会って、跡を継いだだけだと思っていたのに。

私の知らない過去があることは明白だ。私は何も聞かされていない。

どうして、と思ったけど、お父さんとお母さんが私に話さないと決めたのなら、それを尊重しようとすぐに思い直した。

親は親なりに思うところがあって、子は子供なりに考える。そういうものだから、仕方がない。

私は気持ちの整理をつけて、リタさんに答えた。

「……知りませんでした。でも、知らぬ間に憧《あこが》れの人に会えていたなんて、びっくりです。今度公爵様からお話を聞きたいなぁ」

目の前の店の果物を品定めしながら、これからのことに思考を切り替える。

うどんを考案したということは、公爵様は転生者の可能性が高い。

驚きだけど、今度お会いできる機会があったら、うどんや醤油《しょうゆ》のことについていろいろと話をしたい。

気を取り直した私は、お給金を使って試作品に使えそうな果物や材料を少しずつ買い集める。

リタさんに道案内をしてもらいながら、そのあとも足取り軽く市場の散策を続けた。

そして二時間ほど経った頃、リタさんに声をかけられる。

「ミラちゃん、そろそろ行くかい？」

「はい。また来たいです！」

名残惜《なごりお》しいが、持っている布袋が材料でいっぱいになってしまったため、今日の市場巡りはここまでだ。まだ覗《のぞ》けなかったお店もあるが、今日は別の目的もある。

リタさんの後ろをついていきながら、キョロキョロと周囲を見回す。

煉瓦《れんが》の建物が続く風景は、やはりヨーロッパを彷彿《ほうふつ》とさせる。市場を抜け、城下町の中心部にある、洗練された区画に出た。屋台が並んでいた下町とは違って、立派な建物のお店が多く、カフェのような縞模様《しまもよう》のオーニングがついた入り口の店や、服屋と書かれた看板の店もある。

「この辺はまだ平民のエリアだ。もう少し城に近づけば、店も貴族用にさらに豪華になるよ」

「そうなんですね」

リタさんの言葉に頷きながら、遠くに見えるお城をぼんやりと眺める。ここからお城までは遠そうだ。王都にある公爵家は、タウンハウスと呼ばれる王都で暮らすとき用のもので、本邸は隣国との国境の領地にどどんと構えているらしい。

私は貴族街にあるそのタウンハウスから、下町の食堂に通うというなんとも珍妙な行動をしている。だからお城は毎日近くに見ているのだけれど、私はやはり庶民的な場所のほうが落ち着く。

アナベル様の侍女であるレーナさんの話では、領地の公爵邸は王都のものよりもさらに立派で、大きいという。港町もある公爵領は、交易で栄《さか》えていることも教えてくれた。

港町。とてもいい響きだ。

そんなことを考えていると、リタさんはある店の前で足を止めた。

「ほらここさ。あいつの商会だ」

リタさんが案内してくれたのは、例のキャベツ商人のおじさんがいるという商会だった。

ノックをしてからリタさんが堂々と入っていくので、私もそれに従う。

「オットーはいるかい?」

「失礼ですが、どなたでしょうか？」

馴れ馴れしい態度を不審に思ったのか、若い商人は眉根を寄せてリタさんを見た。

「リタが来たと言えばわかるよ」

「し、失礼しましたっ、ただいま商会長をお呼びします！」

対応した若い男性は、リタさんの名前を聞くと、血相を変えて奥の部屋へと飛んでいった。

あのキャベツおじさんは、オットーさんというらしい。

（……今、『商会長』って言ってたよね。あのおじさんって……）

あの人はそんなに偉いのかと、思わず唖然としてしまう。

私が考えている間に、のんびりとした口調のキャベツおじさんが、にこにこと微笑みながら奥の部屋から出てくる。

「待たせたね～。おやおや、今日は小さなレディも一緒なんだねぇ」

口調は緩いが、服装はしっかりとしていた。

食堂で見かけたときよりも、ぴしっと決まって見えるのは、服装のせいだろうか。

商会長だと思うと、こちらも気が引き締まる。

「こんにちは。ミラといいます。今日はお願いがあって、リタさんに連れてきてもらいました」

「うんうん。話は聞いているよ。やっぱり利発そうな子だねぇ」

ぺこりと下げていた頭を上げると、目尻に皺《しわ》を寄せたおじさんはまだにここと私を見ていた。

その表情や雰囲気は、どこか見覚えがある。

「立ち話もなんだし、ほら座って。あ、そうだ。ミラちゃんは緑茶は飲めるかな？　いいのを仕入れたんだ」

勧《すす》められるままに席につき、お茶をいただく。

緑茶も浸透《しんとう》しているこの世界は、とても素晴らしいと思う。公爵様のおかげだ。

緑茶があるなら、抹茶《まっちゃ》も入手できないだろうか。抹茶《まっちゃ》の緑でとても綺麗なお菓子が作れそうだ。

チーズケーキに混ぜてマーブル模様《もよう》を作ると、白と緑のコントラストがとても可愛いんだよね。

「……さて。今日は、郵便のお願い、だったかな？」

また思考が料理に傾きかけたところで、オットーさんがそう切り出してくれたため、私はこくりと頷いた。

「友だちに手紙を出したいんですが、貴族なので……その、普通の郵便だと心配で」

郵便を請け負《うお》うギルドのようなものはこの国にも存在していて、そこに預ければ手紙は届く。

お父さんへの手紙はそこを利用したのだが、スピカのいる場所は貴族の邸宅だ。

彼女はもう貴族令嬢だから、平民の私が気軽に会いに行ける存在ではない。

――名もなき平民からの手紙なんて、スピカの手に渡る前に処分されてしまう可能性が高いということに私は思い至った。

現に公爵家では、侍女のレーナさんはアナベル様宛の手紙をメイドさんから受け取ったあと、選別をしていた。そうしてそのとき、手紙が処分される様《さま》を、目《ま》の当たりにしたのだ。

どうしようか悩んでリタさんに相談したら、助言をもらった。

『キャベツの件で恩を売ったやつがいるだろう？　あいつを使えばいいのさ！』と。

オットーさんの商会は王都の中でも大きい規模らしく、貴族とも頻繁《ひんぱん》に交流があるそうだ。

そんなオットーさんなら伯爵家に出入りができて、ついでに手紙も渡してくれるんじゃないかということで、今日こうして頼みに来たのである。

私が事情を話すと、オットーさんは顎《あご》を撫でながら思案する。

「ふうむ、そうだねぇ。うちが届けたほうが怪しまれないし、確実だろう。クルト伯爵家か。お嬢さんが増えたんだったねぇー。なるほど、彼女とミラちゃんは同郷なんだね。新しい子を迎えたお祝いということで、私も伯爵家に足を運んでみようかな。新しいお客さんになってくれるかもしれないし」

「ミラちゃんの手紙を絶対に届けるんだよ。キャベツの件はこのミラちゃんに救われたようなもんなんだからね。オットーも食べたろう、あの新しい料理を」

リタさんの援護射撃を聞いたオットーさんは、目を丸くして私を見た。

「へえ、そうだったのか。メンチカツもお好み焼きも、ロールキャベツも美味《おい》しかったからなあ。それは私も気合いを入れて手紙を運ばないとね。任せてくれ。必ず届けるから」

「ありがとうございます」

いつでも頼ってね、と気さくに言ってくれたオットーさんに手紙を手渡し、頭を下げる。

まさか商会長だとは思わなかったけど、これでスピカに無事に手紙が届くのならとても嬉しい。

そう思いながら商会を出たところで、私の名を呼ぶ声がした。

「おーい、ミラちゃん」

どこから声がしたのかわからずに私がキョロキョロとしていると、「ここだよー」と頭上から声が降ってくる。見上げると、商会の建物の二階の窓から、見知った顔が覗《のぞ》いていた。

「えっ、イザルさん⁉　どうしてそんなところに」

あの日別れたはずのイザルさんが、ひらひらと手を振っている。

確かに、王都に実家があるとは言っていたけど。

「ちょっと待ってて～、今下りるから」

バタバタという足音が大きくなって、先ほどまで二階にいた彼が入り口の扉から出てくる。

にっこりと笑うその顔に、先ほどのオットーさんの表情が重なって見えた。

「気付いてるかもだけど、俺、ここの子なんだよね～」

「そうだったんですね」

人好きのする笑顔と、間延《まの》びした口調はお父さん譲りらしい。

こうして見ると、本当によく似ている。なんというか、世間は狭い。

「つっても、普段は商会の手伝いはほとんどやってないんだけどね。今は久々に帰ってきたところでさ。ミラちゃんが来たからびっくりしたよー」

確かに商会の仕事をしているのならば、二年間もあんな小さな町で油を売ってはいられないだろう。あの町にいたとき、イザルさんはずっと宿屋の側《そば》に住んでいたし、里帰りしている様子もなかった。

私たちが暫《しばら》く話していると、イザルさんの後ろからひょいと誰かが顔を出した。

「……にいちゃん。それ、だぁれ？」

色素が薄《うす》いミルクティーのようなふわふわの茶髪に、家族でお揃いの綺麗な碧《みどり》の瞳。目尻がとろんと垂れていて、可愛らしい印象のある、男の子だ……多分。

イザルさんは私を指し示しながら、その子に言う。

「この子はミラちゃんっていってね、料理を作るのがとても上手なんだ。うちの父さんがアホみたいに仕入れたキャベツを、美味《おい》しいご飯にしてくれたんだよ」

「えっ、あの信じられない量のキャベツを……？」

イザルさんの説明に、男の子は瞳をキラキラと輝かせた。

あのキャベツの仕入れ、商会的にもやはりよっぽどだったらしい。子供にこうまで言われてしまっている。確かにすごい量だった。

横でリタさんも深く頷いている。

イザルさんは今度は私のほうを向いた。男の子を紹介してくれるようだ。

「ミラちゃん、この子はメラク。俺の弟で、この商会の跡取りでもあるんだ～」

「こんにちは、メラククくん。私はミラといいます」

私が微笑むと、メラククくんも笑顔を返してくれた。

「ぼく、メラク。メラクでいいよ、ミラ。ぼくはもう十歳なんだから……！」

「じゃあ、同い年ですね」

「同い年なら、けーごもなくていい」

私たちは、お互いにぺこりと頭を下げる。

少し幼さを感じさせる話し方も、見た目と相まってとても可愛らしい。

（――メラクくん。メラク……メラク？）

その名前がやけに頭に引っかかる。例に漏れず、聞いたことがある気がするのだ。

大体こういうときは、スピカの話が絡んでいる。今までの経験から、私はそう考えた。

惜《お》しむらくは、それがなんだったかすぐに思い出せないことだ。

手がかりを探そうと、私はリタさんに尋ねてみる。

「……あの、リタさん。今更なんですけど、オットーさんのこの商会の名前って、なんでしょう？」

「ダムマイアー商会だよ。あいつのファミリーネームがダムマイアーだからね、名前をそのままつけてるんだ」

リタさんの返事をきっかけに、私の頭の中にはようやくスピカの声が蘇《よみがえ》ってきた。

『攻略対象者のひとりに、商会の息子がいるのよ。メラク・ダムマイアーっていって、ふわふわ茶髪の可愛い感じの男の子なんだよねぇ。同い年ではあるんだけど、あの感じは年下ワンコ枠だと思う。とにかく慕《した》ってくれるのが可愛くて、攻略したらめちゃ癒《いや》されたあ！』

そのことを思い出したあと、もう一度メラクに視線を戻す。

すると彼は、愛らしい表情のまま、首をこてりと傾けた。

……年下ワンコ。なるほど、納得だ。

◇閑話　一方その頃

「はあ……」

庭園に向かいながら、少し前を歩く銀髪の少年がため息をついた。

行きたくない。そんな思いが、そのまま態度に出ている。

「レオ様。いえ、レグルス殿下。そのように、見るからに退屈そうな顔をしてはいけませんよ」

護衛を務めている黒髪の騎士が苦笑しながら諫言《かんげん》すると、少年にじとりと睨《にら》まれる。

「仕方がないだろう、事実なのだから。こちらに戻ってきてからは勉強に茶会にと……全然休む間がないじゃないか。これでは全然会いに行けない……」

主人は水の足りない植物のように萎《しお》れてしまう。彼が会いたい相手がわかる護衛は、思わずくすりと笑ってしまった。

あ、と思ったが、今更口を押さえても遅い。

その仕草は、王族だけが持つ紫混じりの青い瞳にしっかりと捉《とら》えられていた。

「……セイ。お前、イザルに似てきたな」

「失礼しました。とても微笑ましくて……。彼に似ているとは心外ですが」

レグルスに胡乱《うろん》な目で見つめられて、セイと呼ばれた護衛の男は肩を竦《すく》めた。

イザルとは一緒にしないでほしい。

そう思いつつも、にっこりと笑いながら自身の主人を見る。

「ですが、殿下。勉学に励《はげ》まれることと、お茶会に参加されることは、あの町を訪問する条件だったのでしょう？　きちんとお役目を果たさなければ、陛下も王妃も納得されませんよ」

「――っ。そう、だな。これを頑張れば……また少し時間を作れるかもしれない。今は王都にいるから、前よりも会いに行きやすい」

「そうです。今信頼を積まなければ、先には何も見えてきません」

ふた月ほど前に、遠くの町まで出かけるため、レグルスとセイは共に王都を発《た》った。

王族であるレグルスの警備のためにかなりの護衛を連れ、宿泊先に騎士を潜《ひそ》ませながらの行程となったが、その遠出が認められたのも、公爵であるジークハルトの口添えとこの条件があったからだ。

ここでレグルスが公務を投げ出してしまえば、今後外出することはますます難しくなるだろう。

「勉学はまだいいんだが、茶会はな……。ご令嬢たちと話すのは骨が折れる」

しゅんとしているレグルスに、セイは淡々と言う。

「皆様、婚約者候補でいらっしゃいますからね。気合いの入れ方が違うのでしょう」

「婚約者候補か……」

はあ、とレグルスのため息が大きくなった。

こんなときにあの少女の料理を食べたら、この萎《しお》れかけの状態から一気に元気になるだろうな、とセイは考える。彼を奮い立たせるべく、セイは口を開いた。

「……報告によると、ミラ様は公爵邸でも食堂でも新しい菓子や料理を作り、周囲を驚かせているようですね。特に私はメンチカツなる食べものが気になりました」

「くっ……イザルめ……！　俺も全部食べたい」

「イザルも以前と違って何も食べることができていないようなので、みんな一緒ですよ。悔《くや》しげな心情も綴《つづ》られていましたしね」

セイは歯噛みするレグルスに苦笑する。

未だにあの少女――ミラの影の護衛として情報収集を続けるイザルは、王都に留まっている。

商会の息子ということはもう明かしたらしいが、こちらの用務はまだあの少女には内密だ。

レグルスは暫《しばら》くぶつぶつと文句を言っていたが、ふとセイを見上げる。

「……とりあえず、俺ができることをやる。頑張ったら、食べに行っても、いいか?」

「かなり頑張ったら、ですね」

セイが答えると、レグルスは決意を込めた目で見つめる。

「……わかった。そういえば、今日はかのご令嬢は来るんだろうか」

「どうでしょう。我々がこちらに戻ってから、一度も彼女の姿を見ていませんね」

「そうか……」

そう言って、レグルスは視線を上げて彼方《かなた》を見た。

ふたりの話の対象となっているのは、侯爵家の令嬢である、ベラトリクスのことだ。

以前は婚約者である第一王子に会うために三日と空《あ》けずに足繁《あししげ》く城に通い、茶会などの場には必ず姿を見せていた赤い髪の少女が、ここ暫《しばら》く城に来ていないらしい。

どういうことか全くわからないが、侯爵家では面会も断っているらしく、城内では彼女が重い病《やまい》にかかったのではという憶測も飛び始めた。

「そういえば」

セイが思いついたように声をあげると、レグルスは顔だけで振り返る。

「来週、公爵家でお茶会が開催されるようですよ。殿下も招待されています。あ、勿論《もちろん》行くことになっています。……なので、そのとき会えるかもしれませんね」

セイがにこりと微笑んで言うと、一瞬呆気《あっけ》にとられた銀の髪の少年の顔に、見る見るうちに生気が宿る。

そうして護衛兼側近の青年は、レグルスに「それを早く言え……！」と叱《しか》られた。

無論《むろん》、公爵家からのお茶会の打診はもっと以前にあった。

それがレグルスに伝えられなかったのは、彼は勉学などに集中すべきだという判断が上からあったためだ。

（少々フライング気味ですが……まあいいでしょう。最近頑張りすぎているので、少しくらいは）

最初の気怠《けだる》そうな雰囲気を吹き飛ばし、見るからに上機嫌になってお茶会に向かうレグルスを見つめる護衛の瞳は、穏やかなネイビーブルーに彩《いろど》られていた。

六　公爵家のお茶会

私が公爵家にお世話になってから一ヶ月半近くが経ち、ついに、アナベル様が以前言っていた、公爵家のお茶会の日がやってきた。

今日はいろいろなパイを振る舞うことになったため、私は早起きして、公爵家の厨房に入る。

もうお茶会のメンバーについて考えるのはやめて、無心でお菓子を作ることにした。

あんまり考えると、緊張しちゃいそうだし。

どんなパイにしようかとずっと考えていたけど、市場で故郷の町のレモンを見つけたときに決めたのだ。これを使ったレモンパイにしよう、と。

パイ生地《きじ》は気合いを入れて、この前より工程が多いバターを折り込むタイプのものにした。

最後に一時間休ませて、ようやく生地《きじ》の完成だ。

「ふう、パイ生地《きじ》って大変なんだなぁ。この前よりも随分《ずいぶん》手間がかかる」

一緒に作業をしているシルマさんは、私と同じように生地《きじ》をまとめると、感心したようにそう言う。私は微笑んだ。

「そうですね。でもこの工程を行《おこな》うことで、生地《きじ》とバターが薄《うす》い層になって、この前よりもっとサクサクになるんです」

「なるほどな～。オレの生地《きじ》も一応できた！」

シルマさんが満足げに頷くと、その隣の男性が興味深そうに口を開く。

「ふうむ……奥が深いのですね。私の生地《きじ》も、なんとかできました」

今日はシルマさんだけでなく、現在この公爵邸でデザート担当を務めるドミニクさんも一緒だ。

お菓子作りに厳しいという奥様に認められた腕前のドミニクさんは、おっとりとした優しい人。

以前アナベル様に『パイはいろいろ作れる』と豪語してしまった手前、数種類のパイを作りたかったので、人手があると本当に助かる。

合間合間に生地《きじ》を氷室で休ませながら何度もバターを折り込むため、朝早くから始めたのに、もうお昼を過ぎてしまった。

三人の作った生地《きじ》を氷室に並べて、戸を閉める。これでよし。

私はふたりを振り返って言う。

「じゃあ、中に入れるフィリングを仕上げましょう」

「オレがカスタードクリームで」

「私が先日のりんごのフィリングですね」

シルマさんとドミニクさんはやる気に満ちた表情をしている。

私はそんなふたりと頷き合った。このお茶会に向けて何度か三人で一緒に練習をしたので、妙に結束力が生まれているのだ。そうして各々《おのおの》が、計画していた作業に入る。

私はレモンを前に、まずはその皮を細かくすり下ろすところから始めた。

——数時間後、焼き上がったパイを前に、私たちは三人それぞれ感嘆の声をあげた。

「わあ、綺麗にできましたね……！」

「これを本当にオレが作ったのか。やばいな、オレ」

「この網目模様《あみめもよう》。我ながら傑作《けっさく》です」

目を見開くシルマさんの横で、ドミニクさんも頷いている。

厨房には バターの芳醇《ほうじゅん》な香りがたち込め、それだけで十分食欲をそそられる。

シルマさんが作ったパイは、カスタードクリーム入りのフルーツパイ。ひと口サイズの小さなパイにクリームと綺麗に切られた新鮮なフルーツが盛られて、小さな宝石箱のようだ。

ドミニクさんのアップルパイは、私が作ったものよりも網目《あみめ》の模様《もよう》がさらに細かく、彼のスキルと仕事の細やかさが表れている。あしらわれている花びらのような飾りもとても美しい。

私も、出来上がったレモンパイに大満足である。

丸い型に入れたパイ生地《きじ》の上には、レモンの味と香りがするカスタードのような見た目のレモンクリーム。さらにその上には、レモン汁を入れて角《つの》がピンと立つまで泡立てたメレンゲをのせて焼いてある。

サクサクのパイ生地《きじ》と甘酸《あまず》っぱく爽《さわ》やかなクリーム、そしてしゅわっとした食感のメレンゲとが合わさって、とても美味《おい》しいお菓子なのだ。あっさりした甘味を好む人は、きっと好きだろう。

「それが、レモンパイか。その上のふわふわ、美味《おい》しそうだな」

「メレンゲをそうやって使うとは……勉強になります」

私が作ったレモンパイを見て、ふたりは感心したように頷いている。

三者三様のパイが仕上がったので、大の甘味嫌いでなければ、お客様もどれかは食べることができるだろう。ここにカメラがあれば、この綺麗な出来栄《できば》えのお菓子たちを写真に撮りたいところだ。

「では、こちらをお持ちしますね」

お茶会の準備のためにやってきたメイドさんが、パイをカートにのせて運んでいく。

ひと仕事終えた私たちは、素敵なお菓子を作った充足感に包まれながら、そこで解散となった。

朝から厨房に籠《こも》りっきりだった私は、厨房から外に出て、庭園に来た。そこでぐぐと伸びをする。

「風が気持ちいい～」

屋敷内でも自由にしていいとは言われているけれど、高そうな調度品がそこら中にあるところではとてものんびりできない。だからたまにこうして、広大な庭園の小径《こみち》を散歩している。遭遇《そうぐう》する庭師のおじさんともすっかり顔見知りだ。

今頃、お茶会が開かれているサロンでは、パイが食べられているところだろうか。

みんな、気に入ってくれるといいのだけれど。

(ああ、そういえば、アナベル様のお母様を見逃しちゃったなあ)

久しぶりに領地から戻ってきたという奥様に、まだお会いできていない。それだけでなく、他のお客様も見ていない。朝から三人で集中して作業していた証拠《しょうこ》だろう。

ふらふらと歩いていると、大きな木のある場所に辿《たど》り着《つ》く。

その木陰《こかげ》にすとんと腰を下ろすと、静かな環境と、朝早くからの作業を終えた疲労感、それに緊張が緩んだせいか、眠くなってきた。

芝生《しばふ》はふかふかで、日差しは心地よい温度。

ちょっとだけ、と思って横になった私は、あっという間に眠りについてしまった。

——私を捜しに来る人がいるなんて、思いもせずに。


どれくらい眠っていたのか、急に吹いた風に寒さを感じて、私はぶるりと身を震わせた。

そういえば外にいたんだったと、ぼんやりした頭で考えながら身を起こす。

まだ冴《さ》えない視界の中、手の甲《こう》でごしごしと目を擦《こす》りながら声のほうに顔を向けると、

「……ミラ、起きたか？」

陽に照らされた銀髪がキラキラと輝いていた。

以前見たときは室内で、次は夕陽が注《そそ》ぐ馬車の中。

明るい陽の下で見るその銀髪は、光を反射してとても美しい。

「ん……？　あれ、レオ……？」

「久しぶりだな」

「うん……そうだね……？」

あれ、ここってどこだったっけ。確か公爵家でお茶会をしていて、私は準備で疲れてうたた寝をしたんだったよね。そこまでは覚えている。

もう一度、隣に座るレオを見上げる。

うん、レオだ。間違いない。

（……はて。どうしてレオがここにいるんだろう）

ふと自分の足元を見ると、細やかな刺繍《ししゅう》や飾りがあしらわれた上着がかけられている。

再度レオに視線を向けると、彼は上着を着ておらず、白いシャツ姿だ。

「あの、レオ。いつからここにいたの？　この上着はレオのなのかな？」

「少し前から。えっと……その、ミラを、捜してて。他の使用人に聞いたら、ここだろうと言われたから」

私は思わず目を見開く。

「私を……？」

「うん。それであの、ミラが寝てて、風邪をひくといけないと思って」

レオの言葉に、私は改めてその上着に視線を落とす。

手触《てざわ》りは上質で、よく見たら小さな宝石もちりばめられている。

どう見たって高級な品で、平民が着る服ではない。

「レオ、ありがとう。でもあの、私のせいで汚れちゃってないかな。それに、レオも風邪ひいちゃうといけないから、返すね」

ぱたぱたと手で払ってみるけれど、もしよだれがついてしまっていたらどうしようもない。

足元からその上着を取ろうとすると、レオからやんわりと制止されてしまった。

「大丈夫、そのままで。今、話はできるか？」

「うん、もうお菓子作りは終わったから、私はゆっくりできるよ。というか、レオはどうしてここにいるの？　だってアナベル様が、今日は身内だけの集まりだって――」

そう言いかけて、私ははたと気付いてしまった。

仕立てのいい服に、平民では見たことがない銀の髪と整った顔立ち。

それに瞳だって、紫がかった青がとても綺麗だ。

どうして、一緒に馬車に乗ったときにピンと来なかったのだろう。

王都に行けることが嬉しすぎたのと、徹夜のせいでハイになっていたのかもしれない。

それにまさか、王都ならまだしもあんな小さな町でそんな出会いがあるだなんて、誰が想像できただろうか。

全員攻略に燃えていたはずのヒロインであるスピカでさえ、ニアミスしても気がつかなかったくらいだ。

改めてまじまじと見たレオの姿は、あの夜スピカに聞いた王子様の特徴と、完全に一致していた。

勿論《もちろん》、攻略対象者のひとりだ。

「レオは……王子様なの？」

おずおずとそう問いかけると、レオは目を丸くした。そうして、ごくりと喉《のど》を鳴らす。

「えっと……あの、ミラ。騙《だま》していたわけではないんだ。今から話そうと思っていて。ミラが王都に来た日、馬車から降りるときにも言おうと思ってたんだけど……そう、なんだ」

慌《あわ》てたように言葉を紡ぎながら、レオは真っすぐに私を見ていた。

レオはとても高貴な人なのに、芝生《しばふ》に寝転ぶ私の隣で、地べたに座っていたということになる。

しかも上着は私が使っていた。

芝生《しばふ》は意外と汚れるから、もう本当にごめんなさい案件である。

「あの……ミラ、怒ってるか……？」

ある意味ショックを受けて固まってしまっている私の様子を窺《うかが》うように、レオは眉尻を下げる。

（あれ……私、気軽にこの人のことレオとか言ってるけど、それでいいんだっけ）

焼き鳥の屋台の後片付けさせたりとか、デザート運ばせたりとか、働かせてなかったっけ。

スピカに散々『ざまあ』と不敬罪に気をつけるように言ってきたけど、まさか自分が早々に王子様に出会っていたとは思ってもみなかった。そして、まさかいろいろと手伝わせているとも。

「おこってないです。おどろいているだけです」

活動停止してしまい、機能しなくなった脳でそう答える。

自分でも思ってもみないほど淡々とした低い声が出てしまった。

私だって、不敬罪は怖いのである。

「ミラ……あの、できれば、さっきみたいに話してくれると嬉しいんだけど……」

私の態度に、目の前の王子様はそう言って困った顔をしている。

さっきみたいに、というのは、きっと呼び方も含めてなのだろう。以前は宿屋のお客さんだったたから敬語を使っていたけれど、さっきは寝ぼけてうっかり普通に話してしまっていた。

小説で読んだ限りでは、電波なヒロインたちの行く末はとても悲惨《ひさん》なものだった。

まあ自業自得《じごうじとく》なので、仕方がないところも往々にしてあるのだけれど。

レオは優しそうだし、すぐに罰されるということはないと思う。

私もまだそこまで無礼を働いたってほどではないから、大丈夫だと信じたい。

「でも……あとで怒ったり、捕まえたりしないですか？」

「捕まえ……？　い、いやっ、ない、それはない！」

縋《すが》るように彼を見ると、ぶんぶんと首を横に振って否定される。どうしてそこで頬を赤らめているのかはわからないが、ひとまず大丈夫そうだ。私はほっと胸を撫で下ろす。

先ほどまでの妙な緊張からも解放され、ようやく表情筋も緩んできた。

私は、改めて彼に声をかける。

「よかったです。じゃあ……えっと、レオ殿下？」

「ぐっ……それもいいけど、前のようにレオと呼んでくれないか。その、俺はミラのこと、ゆ、友人だと思ってるから！」

「友人……ですか」

「……嫌か？」

言葉を繰り返すと、彼の瞳は不安そうに揺れた。

先ほどから赤くなったり青くなったり、顔色が忙《せわ》しない。

「ふふっ」

「ミラ……？」

表情がころころと変わるレオの様子がおかしくなって、私は思わず笑ってしまった。

王子様って威張《いば》っていて偉そうだと思っていたのに、目の前のこの人はまるで正反対だ。

ずっと表情豊かで、言葉も柔らかい。

それに私なんかを、恐れ多くも友人と思ってくれているらしい。

やはり王子ともなると、知見を深めるためにこういう庶民の友人も必要なんだろう。

高貴な人が身分を隠してお忍びで市井《しせい》に行く……そういうの、小説でも見た気がする。

「私でよければ、殿下……じゃなかった、えーと、レオの友人にしてください。あとで怒ったら嫌ですよ？」

「……本当か⁉　ありがとう！　大丈夫、絶対に怒らない」

私が頷くと、レオは初めてたまごのうどんを食べたときと同じような、満面の笑みを見せてくれた。

それを見て、胸の奥がじんわりと温かい気持ちになるのを感じる。

「――ところで、レオはパイは食べましたか？」

お茶会のお客様であれば、きっと今回お披露目《ひろめ》されたあのパイを食べたはずだ。私は感想が気になって、そう問いかけた。

以前のアナベル様やレーナさんの様子からすると、サクサクのパイはきっと驚いただろう。

食べた人の反応を直接見られなかったことは残念だけど、こうして話を聞けることが嬉しい。

レオは、パッと顔を輝かせて答えてくれる。

「ああ！　いろいろな形や味があって、どれも美味《おい》しかった。あのサクサクしたものがパイなんだろう？　アナベルが得意げにみんなに振る舞っていたな」

「そうですか。お菓子以外に、お料理に使うこともあるんですよ。私は作れないですけど、お肉やお魚を包んで焼くんです」

アナベル様が誇らしげにしている姿は容易に想像がついて、思わず笑顔になる。喜んでもらえたようで何よりだ。

「あのパイという菓子は、ミラが？」

「はい。今日は先輩方と一緒に作りました」

レオの質問にそう答えると、彼は目を細める。

「やはりミラは、セイが言っていたとおり、すごいシェフになれそうだ」

「そういえば……レオが王子様ということは、セイさんはお兄さんではないんですか？」

セイさんの名前が出たことで、私は気になったことを尋ねる。

ずっと腹ぺこ兄弟だと思っていたが、ふたりの関係はどうやらそうではなさそうだ。

「ああ。セイは本当は俺の護衛騎士なんだ。外に行くときは一緒に行動することが多い」

「なるほど。そういうことなんですね」

ふたりの顔立ちは似ていないとは思っていたけれど、それは当然だった。本当の兄弟じゃないのだから。美味《おい》しいご飯を前にしたときの仕草は、似ていたように思えたけれど。

王子様に仕《つか》える黒髪の護衛騎士。

また頭の中で、スピカの囁《ささや》き声《ごえ》が聞こえてきた気がしたけれど、振り払った。

もう何がなんだかよくわからなくなってきたため、一度整理をしなければならない。

そういえば、オットーさんから、手紙はスピカに無事届けたと報告があった。

食堂に直接会いに来てくれたらたくさん話をしたいけど、彼女も貴族だから下町にはそうそう来られないだろう。

私が考え込んでいる傍《かたわ》らで、レオは話し続ける。

「そういえば……今日のパイはどれも美味《おい》しかったけど、俺はあのレモンのパイが一番好きだったな。あの町の風景が思い出されるようだった。収穫祭の日のジュースやミルクレープが頭に浮かんだ」

そう柔らかく告げるレオの言葉に、私は思考をやめて、思わず目を瞠《みは》った。

「どうかしたか？」と尋ねるその声も優しい。

彼があの町と言ったのは、他でもない私の故郷の町だ。

私があのお菓子に――レモンに込めた気持ちが、誰かに伝わっていることが、とても嬉しい。

それから、もっと話がしたいとレオが言うので、この勉強熱心な王子様に、下町の食堂の様子などを話した。お茶会に戻らなくてもいいのか気になったけれど、楽しそうに話を聞いてくれているレオを見ていると、まあいいかと思えてくる。

話に出したメンチカツやお好み焼きに興味があるようで、今度食べに来てくれたら作ると約束をした。レオは「絶対に行く、近いうちに行く！」と笑顔を見せてくれたから、私も嬉しくなって笑顔を返す。

レオとセイさんに、また美味《おい》しいものを食べてもらうのが、私も待ち遠しい。

その後、騎士服を着たセイさんがレオを迎えに来るまで、私たちはのんびりとおしゃべりを楽しんだのだった。

「ミラ！　待ってたのよ」

一日の仕事を終え、部屋に戻ろうとした私を呼び止めたのは、隣室のメイドのフィネさんだった。

既《すで》に部屋着に着替えて、いつもは結い上げている茶色の髪を下ろしている彼女は、手にお盆を持っている。その上にはフルーツパイがいくつか並んでいた。

「フィネさん。こんばんは」

「このパイ、今日のお茶会のデザートだったんでしょ？　シルマが分けてくれたの。一緒に食べない？」

屈託《くったく》のない笑みで、フィネさんは私を誘ってくれる。

きっとあのパイは、焼き上がったあとに少し焦《こ》げていたり、形の悪いものを除いた分なのだろう。かまどはどうしても火加減が均一じゃないから、そういうことが往々にしてあるのだ。

「いいんですか？　でもそれは、シルマさんからフィネさんへの差し入れなのでは……」

私が申し訳なく思いながら言うと、フィネさんは明るい声で言う。

「いいのいいの、誰かと食べるほうが美味《おい》しいし！　あ、ねえ、あたしの部屋は散らかってるから、ミラの部屋にお邪魔してもいいかなあ」

「はい。構いません」

私が頷くと、フィネさんはスッと目を細めた。

「……ありがとう。ふふ、ミラとは一回ゆっくり話したかったの」

そう笑うフィネさんを部屋に招き入れる。

少し時間が経ってしんなりしていたが、三人で一生懸命《いっしょうけんめい》作ったパイは、やっぱりとても美味《おい》しかった。

◇閑話　クルト伯爵家の屋敷にて

わたし——スピカがあの小さな町から王都の伯爵家に引き取られて、ひと月が経った日のこと。

「……スピカ。またそんなところでいじけているのかい？」

庭園の隅にある小さな花壇《かだん》の前で座り込んでいると、頭上から柔らかな声が聞こえてきた。

「だって、何もうまくできないんだもの……！」

心配して捜しに来てくれたのだろうその人に対して、わたしは思わず拗《す》ねた態度をとってしまう。

ずっと迎えが来るのを楽しみにしていたはずなのに、あの町で過ごした日々のほうが楽しかったと、毎日悲しくなってくる。

父であるクルト伯爵は、初めてわたしを見たとき涙ぐんだ。お母さんによく似ている、と。

わたしたちのことを知らずにいてすまなかったと、憔悴《しょうすい》しきった様子を見せた。

ゲームの中では『迎えに来る人』という印象しかなかった父だったが、きっと本当にお母さんのことを愛していたんだろうということは伝わってきた。

『遅くなったが、これから家族になろう』と言ったお父様の隣にいたのが、今わたしを捜しに来てくれたこの人だ。

日光に透《す》ける淡い金色の髪と、宝石のような空色の瞳。

攻略対象者のひとりでもある義兄のアークツルスは、女の子のように可愛らしく、中性的だ。

現実のお兄様は、ゲームの画面を通して見るより、ずっと神々《こうごう》しい。

お父様の遠縁にあたる家から養子としてこの伯爵家に引き取られた彼は、見た目もさることながら、勉学や教養においてもかなり優秀だ。

そのせいか、わたしにつけられた家庭教師は、この優秀な兄とわたしをいつも何かと比較してくる。

「スピカは頑張っているよ。まだこちらの生活に慣れていないのだから、仕方がないじゃないか」

「でも……お兄様は八歳のときに全てできていたと、家庭教師の方が言うんだもん。わたしはいつまでも田舎《いなか》っぽさが抜けないって」

優しく慰《なぐさ》めてくれるお兄様に、わたしは素直になれずに唇を尖《とが》らせる。

確かに、ずっとあの町の孤児院で育ったわたしは貴族文化を知らないけれど、前世のおかげで数学は割とできるし、マナーの基本や読み書きはミラと一緒に頑張った。

今だって、ミラが言う『ざまあ』にならないように気をつけて、きちんと取り組んでいる。なのに、毎日叱《しか》られてばかりで気が滅入《めい》る。

ゲームのヒロインはいつもにこにこと笑っていて、みんなに愛されていた。裏でこんな大変な目に遭《あ》っていたなんて、知らない。

生《お》い立《た》ちもそうだけど、ヒロインも思ったより楽じゃない。ずっと我慢していたけれど、今日は家庭教師にあの町のことを悪し様《あしざま》に言われて、流石《さすが》にうんざりだ。

「本当に？　こんなに頑張っているスピカに、そんなことを言ったのか。……あの女、解雇《かいこ》だな。他にもそういう輩《やから》がいないか調査しないと」

天使のようなお兄様の表情が一瞬黒くなった気がしたけれど、気のせいだろうか。いや、気のせいに決まっている。

義兄のアークツルスは、ゲームの中ではとにかくヒロインである妹に優しいキャラだったから。

現に、急に妹となったわたしにもこんなに優しくしてくれる。

わたしがヒロインだからなのかもしれないけど、心細い現状においてはありがたく思える。

お兄様は、にっこりとわたしに微笑んだ。

「大丈夫だよ、スピカ。僕も教えてあげるから」

「でも、お兄様の勉強もあるでしょう」

「うーん、そうなんだけど……どうしたら、元気を出してくれるかなぁ」

なかなか機嫌を直さないわたしに、お兄様は根気強く励《はげ》ましの言葉をかけてくる。

困らせているのはわかっている。だけど、わたしの心がやさぐれ気味なのは仕方ないのだ。

(……だって、ミラのご飯が食べたいんだもの！)

勉強や慣れないことばかりでストレスが溜まる。こんなとき、町にいれば、ミラが優しく笑って『仕方ないなぁ、今日は夜食でも食べる？』って言ってくれるのに。

あの笑顔が恋しい。……さみしい。

確かにここのご飯は豪華だけど、毎日出されるふかふかで柔らかい白いパンよりも、少し硬くてもみんなで大騒ぎしながら作った呪文《じゅもん》パンのほうが百倍美味《おい》しかった。

（あ、そうだ……！）

ミラや町のことを考えていたわたしは、あることに思い至ってすっくと立ち上がる。

そんなわたしに、「どうしたの？」と、兄が優しく問いかけてくれた。

「お兄様、わたし、やりたいことがあるの」

ないなら、作ればいい。ミラがいないなら、わたしが。

ミラに教えてもらってたくさん練習したから、きっと上手にできるはず。

「厨房に行きたい、それで……あの、クッキーを作りたいの」

わたしの突然の言葉に、お兄様は驚いたみたいだった。だけど、暫《しばら》くぽかんとしたあとに、「出来上がったら、僕にも食べさせてくれるかい？」と柔らかく微笑んでくれたのだった。


それから一週間ほど経ったある日、お父様が家に呼んでいた商会の人がやってきた。

「──ああそうだ。お嬢様に手紙を預かっていました」

その商人はいくつかの装飾品やドレスを示したあと、最後に懐《ふところ》から恭《うやうや》しく手紙を取り出した。

「なんだそれは。スピカに変なものを渡さないでくれ」

お父様は、急に差し出されたその手紙を見て怪訝《けげん》な表情を浮かべる。

わたしは、手紙をくれる人に心当たりがなかったため、首を傾げた。まだどこのお茶会にも顔を出していないから、この王都でわたしに手紙をくれる貴族令嬢なんていないはずだ。

「ミラという子を知っていますか？　お嬢様の故郷の友人ですよ」

「誰だ、それは」

「ミラ？　ミラからの手紙なの⁉」

お父様はさらに眉根を寄せたけれど、商会の人が口にした名前に、わたしは思わず身を乗り出すようにして立ち上がった。

「こ、こらスピカ、落ち着きなさい」

お父様が慌《あわ》てているが、それどころではない。だって、ミラだ。

「ええ、そうです。あなたに手紙が確実に届くようにと、私めに依頼されたのです。どうぞ」

「ありがとう！」

奪い取るようにその手紙を手にしたわたしは、行儀《ぎょうぎ》など気にせずにその場で急いで封を開けた。

ミラの字だ。あの町で一緒に勉強したミラの字だ。

それだけで、涙がこみ上げてきそうになる。

「えっと……なになに……そうなんだ、ミラは下町の食堂でご飯を作っているのね。ミラらしいなあ。……アップルパイ……メンチカツ、ロールキャベツとお好み焼き⁉ 何それ、食べたいっっっ！」

ミラからもらった手紙には、彼女の近況と、最近作ったという料理が記《しる》されていた。読み始めたときは感動でうるうるしていたが、途中からは悔《くや》しくなってきて、涙もすっかり消え去った。

（うわーん、今すぐにでも食べたいよお）

あの日、一念発起《いちねんほっき》して作ったクッキーは、町での修業の成果もあり、上出来だった。お兄様や、はらはらしながらわたしの調理を見つめていたメイドや料理人たちも、太鼓判《たいこばん》を押してくれた。わたしだってひとりでやれるじゃん、と自信もついた。だけど、それとこれとは話が別だ。

（やっぱり、わたしはミラのご飯が食べたいよおおおお！）

机に手をついて項垂《うなだ》れるわたしを、お父様が一生懸命慰《いっしょうけんめいなぐさ》めてくれているのが、どこか遠くに聞こえたのだった。

その翌日。

家庭教師にこってりと絞《しぼ》られたわたしは自室に戻ってぐったりとしていた。

お兄様によってすげ替えられた家庭教師は、前のように嫌味を言う人ではなかったけれど、シンプルに厳しい人だった。

前世は学生だったはずのわたしだけど、毎日の勉強は苦痛でしかない。

どうやって大学生になったんだか、今となっては謎すぎる。

わたしが貴族としてやっていけるように、みんなが小さい頃から学んでいるだろう常識や知識を、精一杯叩き込んでくれているのはわかる。突貫工事のようなものだ。

お父様もお兄様も優しいし、虐《しいた》げられているという感じはない。

(だから頑張れる……けど疲れる〜っ)

ベッドに突《つ》っ伏《ぷ》していたわたしは、扉が叩かれる音で急いで体を起こした。「僕だよ」という兄の声が同時に聞こえたからだ。

急いで服装を整えて扉を開けると、ワゴンを押す侍女を引き連れた兄が、そこで微笑んでいた。

お茶とお菓子が並べられた机の前に、お兄様とソファーに隣り合わせで座る。

今日の勉強のことについて話をしていたところで、お兄様が「そうだ」と話を変えた。

「スピカ。今度、君の友だちがいるという食堂に、僕と護衛と共にであれば行ってもいいと、お父様から了承をいただいた。いつにするかは調整しないといけないけど……。だから、元気を出してくれると嬉しいな」

「……本当!?　ありがとう、お兄様っ！　大好き!!!」

その報《しら》せは突然で、そしてとても嬉しいものだった。

喜びのあまりわたしは立ち上がって、お兄様にぎゅうと抱きついてしまう。

商人から受け取ったミラからの手紙は、その日見せられたどんな宝飾品や洋服よりも嬉しくて、お腹が空《す》いた。いつかは絶対にその食堂へ行ってやると思っていたけれど、こんなに早く認められるなんて思ってもみなかったのだ。

「……スピカ。そろそろ離してくれるかい？」

その言葉に、思わず抱きついてしまっていたことを思い出す。

「ごめんなさい、お兄様。嬉しくて……！」

近くで見るお兄様は、やっぱりイケメンだ。

流石《さすが》攻略対象者。そしていつもわたしに優しいのは、お兄様のキャラ設定が、乙女ゲームにおいての初級編というか、最初からある程度ヒロインに対して好感を持っている存在だからなんだろう。

（わたしも、チュートリアルを兼ねて、このゲームで最初に攻略したのはアークツルスだったもんね。懐かしいな）

そこから順番に、第一王子、騎士、商人、先生……と五人目までクリアしたところで、ようやく隠しキャラが三人追加されるのだ。

そして隠しキャラの中でも最難関が、イケオジ公爵のジーク様だった。

（……よく考えたら、ここで逆ハーってどうやるんだろ？）

この世界は何周も繰り返せるはずがない。ミラに出会わずあのまま過ごしていたら、やり直しができないことに気がつかなかったかもしれない。

（八歳の頃は、信じていた。ここはわたしのための世界だって）

ミラに言われなければ、きっとわたしは、そのまま生きていた。

だって乙女ゲームの世界で楽しむことなんて、乙女ゲームくらいしかないじゃん。

そうとしか考えてなかったもの。

「……そんなに喜んでもらえるなんて、ごねるお父様を無理やり説《と》き伏《ふ》せた甲斐《かい》があったよ」

ぐるぐると考えごとをしていたわたしは、優しい声色《こわいろ》でわたしの頭を柔らかく撫でるお兄様が、実は不穏《ふおん》なことを言っていることに全然気がつかなかった。

よしよしされたことが単純に嬉しくて、笑顔を返す。

そうして暫《しばら》くしてから、食堂に行く日が決まった。わたしはミラに返事を書くことにした。

お父様が買ってくれた、わたしの大好きなピンク色の便箋《びんせん》と封筒で。

お兄様の話では、公爵家にならすぐに届けられるらしい。

ミラはびっくりするだろうか。早く会いたいなあ。美味《おい》しいご飯が食べたい。

そんな気持ちを、たくさん込めて。

七　なくしたメモと不穏《ふおん》な出来事

「ふふふふ……」

お茶会が終わってから、一週間ほどが経過したある日。

私はリタさんの食堂で鍋をかき混ぜながら、怪しい声を出していた。

「……どうしたんだい、ミラ」

それを見ているリタさんは、怪訝《けげん》そうだ。

正直言って、自分でも気味が悪い声を出していることは自覚している。だが、嬉しくてたまらないのだ。

「だって、リタさん。ついに完成したんです」

私がそう言うと、リタさんは納得したとばかりに頷く。

「ずっと作りたいって言ってたアレかい？　まあ、確かにいい香りだねぇ」

「コロッケやメンチカツ、お好み焼きなんかにかけると最高ですよ！　醤油《しょうゆ》もいいけど、やっぱりソースが一番です」

そう。私がかき混ぜている鍋の中には、魅惑《みわく》の褐色《かっしょく》のソースがふつふつと煮詰められており、あとは食べてもらうだけという状態になっている。

先日の朝市で仕入れた香辛料と、実は国の薬師《くすし》であるという公爵夫人からプレゼントされた珍しいハーブは、私にとって宝物だ。

嬉々としてソース作りに精を出しながら、私は先日のアナベル様とのやりとりを思い出していた。

王都のタウンハウスに普段奥様がいないのは、公爵領に彼女が室長を務める薬室があり、そこで日夜研究をしているからなのだという。

交易が盛んなその地では、薬室備えつけの薬園で栽培される薬草以外にも、隣国から持ち込まれる珍しいものがあるらしい。

まさか奥様が働いているとは思わなかった私は、その話をアナベル様から聞いてとても驚いた。

公爵夫人というか、いわゆる貴族の奥様というものに対して、お家で優雅にお茶会をして夜会でドレスを着て、という一般的なイメージしかなかったので、まさに目から鱗《うろこ》だ。

そんな私に、侍女のレーナさんも話してくれた。

『公爵夫人アンナ様には薬師《くすし》としての特別な才能がおありです。通常の令嬢であれば職があっても結婚したらお辞めになることが多いでしょう。尤《もっと》も、貴族の令嬢で職があることは普通ではないのですが』

『薬師《くすし》として働きたいお母様をなんとか繋《つな》ぎ止めようと、お父様は必死だったのよ。薬室まで作って口説《くど》き落としたんだから。全くもう、お父様ったらお母様が好きすぎて困ったものよ』

呆《あき》れたように言っていたアナベル様だが、両親の仲が良いことを本当に疎《うと》んでいるわけではないことは、よくわかった。

スピカから攻略対象者と聞いていた公爵様は病弱でもなんでもなく、娘もいて愛妻家。

ますますわけがわからない。

そのときは混乱したままふたりの話に相槌《あいづち》を打っていた私だったが、昨日はその奥様直々《じきじき》にお茶会に誘われた。アナベル様も一緒に。

せっかくなので、朝から大急ぎでさつまいものパイを作った。

アンナ様としっかりと対面したのは、正真正銘《しょうしんしょうめい》昨日が初めて。

だけど、奥様の空色の瞳と、結い上げられた茶髪に、私は既視感を持った。

たまにあるこの既視感は、大体は前世の記憶が関係している。

きっとまた、乙女ゲームやら小説の関連なのだろう。アナベル様のお母様だもの。

でも、その考察は、アンナ様に珍しいハーブを見せていただいた瞬間に吹っ飛んだ。

私は夢中になってアンナ様やアナベル様とハーブの話をして、楽しく過ごし、最後にはたくさんの種類のハーブをプレゼントしてもらえたのだ。

そうして入手した数種類のハーブと香辛料を食堂に持ち込み、野菜や果物と共にコトコトと辛抱《しんぼう》強く煮込み続け、醤油《しょうゆ》やお酢《す》で味を調《ととの》えて、今に至る。

そこまで考えて、昨夜遅くにあった嫌なことまで思い出し、気分が沈んでしまった。

回想に耽《ふけ》っていた私に、リタさんは言う。

「だったら今日は、コロッケでも作るかい？」

「……そうですね。トンカツでもいいですし、チキンカツもあっさり味でいいですね」

「どうしたんだい。せっかく完成したんだろう？　ついさっきまであんなに楽しそうだったのに浮かない顔をして」

さっきまでにまにましていた私が急に声のトーンを落としたものだから、リタさんが心配そうに私を窺《うかが》ってくる。

「いえ……ちょっと嫌なことを思い出してしまって。友だちからもらった大切なメモをなくしてしまったみたいで……」

そのメモというのは、あの町を出るときにスピカからもらったもので、乙女ゲームについて書かれている。あの夜、スピカが日本語で一生懸命《いっしょうけんめい》書いてくれたものだった。立て続けにスピカが言う攻略対象者たちと出会ったので、確認のために再度おさらいしようと荷物を漁《あさ》ったのだが、ついに出てこなかった。

確かにお守り代わりに鞄《かばん》に入れてきたと思っていたのに。

うっかり荷物に入れ忘れたか、どこかでなくしてしまったのだろうか。

「おやまあ……。そんなときは、美味《おい》しいものを作って食べようね。さっき言ってたの、全部作ろうじゃないか」

「……はい！」

リタさんは萎《しお》れている私を励《はげ》ましてくれた。腕まくりをしながら快活《かいかつ》に笑う彼女を見ていると、憂鬱《ゆううつ》な気分が少しだけ晴れる。

私は気合いを入れ直して、料理に集中することにした。

そうしてリタさんといろんなものの下ごしらえをしていると、食堂の入り口がトントンと叩かれた。私はそこで、ハッと意識を料理から戻す。

嫌なことを忘れるために無心で作業をしていたからか、気付くと厨房のテーブルの上にはコロッケにメンチカツにトンカツといった、フライというフライが下準備の済んだ状態で並んでいた。

　キャベツの千切り、みじん切りもスタンバイしている。なんならマヨネーズだって作ってしまった。

「まだ開店時間じゃないんだけどねぇ～」

　そう言いながら、リタさんは入り口へと向かう。

　確かにまだお昼前で、それも十時半くらい。こんな時間にお客さんが来るなんて不思議だ。

　よっぽどお腹が空《す》いているんだろうかと考えながら、また無心で野菜の皮を剥《む》いていると、リタさんが少し慌《あわ》てたように戻ってきた。

「ミラちゃん、お客さんだよ！」

「え……私に？」

「そうさ、早く行っておいで。席に案内してるから」

「は、はい」

　リタさんに急《せ》かされるように野菜と包丁を置き、厨房を出る。

　誰だろう、と少しドキドキしながら他に誰もいない客席へ向かうと、見知った顔が私に笑みを向けていた。

「ミラ！　久しぶりね、元気だった？」

「スピカ……⁉」

四人掛けのテーブル席に腰掛けていたのは、クリーム色のローブを羽織《はお》ったスピカだった。

以前と変わらぬ可憐《かれん》な笑顔を向けてくれているが、やはり貴族になった彼女は、前と少し雰囲気が違う。身につけているものが見るからに高級なものに変わっていて、もうどこからどう見てもお嬢様だ。

そんなスピカは、私のほうへパタパタと駆けてくると、そのまま私の両手をぎゅうと握り込んだ。

にこにこしている顔を見て、私もほっとして笑顔になる。

スピカが元気そうでよかった。顔色もいい。

「手紙ありがとう！　まさか公爵邸にいるとは思わなかったけど。わたしからの手紙は届いた？」

「え？　ううん、まだ来てないよ。あ、来ていません」

「……ミラは前と同じがいい。前みたいに話して」

そういえば貴族なんだからと思って敬語に切り替えると、スピカは唇を尖《とが》らせてむくれてしまう。

ぷっくりとした薔薇色《ばらいろ》の頬がなんとも愛らしい。

そして、最近同じようなことをレオにも言われたから、なんだか面白い。

「――スピカ。紹介してもらえるかい？」

むくれたスピカの頬をつついていると、席に腰掛けたままだった紺色《こんいろ》のローブの人が、声をかけてきた。そしてその人は、ローブについていたフードをぱさりと取り去る。

その人に、私は思わず視線を奪われてしまう。

肩につかないくらいのストレートの綺麗な淡い金髪に、透《す》き通《とお》るような空色の瞳。とても可愛い女の子だ。

「ちょっとミラ、つつかないで。……ええと、お兄様、この子がわたしの話していたミラ。料理がとっても上手なの。そして、ミラ。こちらはわたしのお兄様よ」

「君がミラか。こんにちは、僕はアークツルス・クルトです」

「は、はい。こんにちは。ミラといいます」

スピカをつついていた指を慌《あわ》ててしまい込んで、私は頭を下げる。

てっきり女の子かと思ってしまったけれど、『お兄様』ということは男の子なのだろう。

スピカとアークツルスさんがふたりで並んでいると、お人形さんがそこにいるかのよ

うな美麗さだ。

（あれ、義理の兄って確か……）

攻略対象者だとスピカが言っていた気がする。

そう思ってスピカを見ると、彼女の目にはギラギラと炎《ほのお》が宿っていた。

「ミラ。いいから早くわたしにも、あの手紙に書いていた料理を作ってちょうだい！　そのために朝ご飯も抜いてきたんだからね」

腰に両手を当てて、偉そうなポーズでそう言い放つスピカだったが、その内容が可愛らしすぎて笑ってしまう。

横にいるアークツルスさんも「スピカ……そんなことしてたのか」と言って呆《あき》れ顔《がお》をしているけど、スピカを見つめるその目は優しい。

きっと彼とスピカは、家族としていい関係を築けているのだろう。よかった、ひと安心だ。

「はいはい。今日はお菓子以外はなんでも作れるよ。まずは何にする？　お好み焼きも、ソースとマヨネーズもあるから。メンチカツもコロッケもトンカツも」

私がそう尋ねると、スピカはさも当然といった表情で「全部よ！」と答えた。

「……ほらスピカ、落ち着いて」

「ふむっ、だって、全部美味《おい》しいんだもの！」

出された料理をぱくぱくと食べ進めるスピカにお茶を出し、手に持っていたハンカチで彼女の頬についたソースを拭《ぬぐ》う。

前世は大学生だと言っていた彼女だが、なんというか、精神年齢がずっと幼いような気がする。

それでも出した料理を笑顔で食べながら満足そうにしている彼女を見ていると、こっちも幸せな気分になるから、それはそれでいい気がしてくる。

「スピカ……」

目の前で繰り広げられるスピカの早業《はやわざ》に、美麗な兄が驚いた顔をしている。

彼に出したのはメンチカツだけだが、それを食べる手も止まってしまっている。

(その気持ち、わかります。あの料理が、スピカの細っこい体のどこに吸い込まれていっているのか、不思議ですよね。人体の神秘ですよね……！)

スピカには流石《さすが》に全種類を少しずつ盛った特別な盛り合わせを提供したけど、それでも茶色い揚げ物《あもの》とお好み焼きのセットが吸い込まれるように減っていく様子は、圧巻だ。

声に出さずに頷いていると、アークツルスさんは私の視線に気がついて、困ったように微笑んだ。

「ミラ。美味《おい》しい料理をありがとう。スピカは家に来てから元気がなかったが、君から手紙をもらってからは見違えるように元気になったよ。僕が元気にしてあげられなかったのは少し悔《くや》しいけどね」

「いえ。でも……」

「そんなことないっ！」

私の言葉を遮《さえぎ》って、スピカが大きな声を出した。

私とアークツルスさんは揃ってそちらに視線を向ける。

「お兄様がいなかったら、わたしはもっと大変だった。いつもお兄様が優しく励《はげ》ましてくれるから、頑張れてるのに」

スピカは怒ったように眉を上げているが、大きな瞳がゆるゆると揺れているのが見えるため、あまり怖くはない。

環境がガラリと変わってしまったスピカにとって、この人が支えであることは理解できた。

「そうか……スピカ、ありがとう。そう言ってもらえると嬉しいよ」

兄妹《きょうだい》が微笑み合うその姿は、とても麗《うるわ》しい。

綺麗なお花ではなく、茶色の揚《あ》げ物《もの》に囲まれているところは、なんとも言えないけれど。

「――アークツルス様。お時間が……」

食堂の隅に控えていた護衛のひとりであろう男がアークツルスさんに近寄り、そう告げる。

どうやらこのあと予定があるらしい。

せっかく会えたのに、もうスピカとお別れか。

そう思ってスピカを見ると、彼女も残念そうに眉根を寄せていた。

「……スピカはまだここにいたいかい？」

そんなスピカの気持ちを酌《く》んでか、アークツルスさんは席を立ってスピカに聞く。

「え、ええ！　もう少しミラと話したい」

「そうか……。あとで迎えに来るまで、お利口《りこう》にしていられる？　勿論《もちろん》護衛は残すけど」

その申し出に、彼女はぶんぶんと勢いよく首を縦に振った。

「ミラ。スピカをここに残してもいいかな？」

「私は嬉しいです。でも、リタさんに聞いてみないと……」

「そのお嬢ちゃんひとりくらい、構わないよ」

アークツルスさんの問いに答えながら振り返ると、厨房の奥からリタさんの笑顔が飛んできた。

どうやら聞こえていたらしい。すごい聴力だ。

「あ、アークツルス様。それと護衛の皆さん。ちょっと待っていてもらえますか？」

「？　うん。わかった」

出立の準備を始めるアークツルスさんたちご一行様を呼び止めて、私は厨房に急いで戻る。

スピカに気を取られて呆然《ぼうぜん》としていたアークツルスさんは、あまり食べられていないようだったし、護衛の皆さんは何も口にしていないから、何か作ってあげたい。

私はメンチカツとトンカツにソースをたっぷりと含ませて、薄《うす》く切ったパンにはマヨネーズとバターを塗《ぬ》る。キャベツの千切りとひたひたソースのカツたちをそのパンで挟んでぎゅっと軽く押し、紙に包んだら完成だ。

高貴な皆さんの口には合わないかもしれないけど、とりあえず。

急いで作業をして客席に戻った私は、出かける皆さんとこの場に残る皆さんの双方に出来上がったカツサンドを手渡した。

座っているスピカからも熱い視線を感じたため、彼女にもひとつ手渡す。相変わらずの胃袋だ。

その様子に苦笑するアークツルス様ご一行を見送ったあと、私とスピカには久しぶりにゆっくり話す時間ができた。

『もう準備は終わっているし、ミラちゃんもゆっくりしな』と言ってくれたリタさんの計らいで、私たちは間もなく開店を迎える食堂から二階の部屋に移動する。

私の分のご飯も運んでもらった。護衛の人は部屋を出たため、ふたりきりだ。

カツサンドをもぐもぐ食べながら、王都に来てからの私の近況報告をする。

「――それでね……なんとうちのお父さんと公爵様が昔からの知り合いだったらしくて。私も全然知らなかったんだけどね」

テーブルの対面に座っているスピカは、お好み焼きを頬張《ほおば》りながら目を白黒させていた。

「……それ、すごいんだけど。まさかカファルおじさんと公爵様にそんな繋《つな》がりがあるなんて。しかも公爵様って、あのジークハルト様よね、イケオジ枠の。そんな裏設定知らないし……」

「あ、そういえば。公爵様はすごく元気そうだったたし、みんなに聞いた話だと、奥様とはラブラブらしいよ。お嬢様もいらっしゃるし、これで本当に攻略対象者なの？」

「は……？　元気？　奥様？　子供？」

混乱しているスピカに、私は話し続ける。

「それに、スピカに手紙を届けてもらうためにダムマイアー商会へ行ったときに会ったんだけど、攻略対象者のメラクくん、だっけ。なんとイザルさんの弟だったんだ」

「イザルさんも王都にいるの⁉　しかもメラククんって、あのワンコ枠のっ」

「そしてね、この前の公爵家のお茶会のときに王子様が来てたんだけど……それが、ほら、収穫祭のときにみんなで焼き鳥食べたでしょ。あのときの旅人兄弟の弟のほうだったんだよ。兄役の人は本当は護衛騎士だったみたい。びっくりだよね」

「はああっ⁉　いやちょっと待って、びっくりどころかひとつひとつが重要すぎて、全然ミラの話についていけないんだけど……！」

とりあえず、私は出会った攻略対象者っぽい人たちの話を手短に済ませると、手元のカツサンドにかじりついた。

（あ、やっぱりソースたっぷりのカツサンドは美味《お》しい……！）

ざくっとした歯応《はごた》えがあったあとに、お肉の旨味《うまみ》とソースの酸味が口の中に広がる。

それに、間に挟んだマヨネーズとキャベツがいいアクセントになっている。

アークツルスさんや、お付きの人たちも、食べただろうか。

今も外で待機しているスピカの護衛の人たちも、気に入ってくれるといいのだけど。

そう思いながらもぐもぐとサンドイッチを咀嚼《そしゃく》していると、スピカが私をじっとりとした目つきで見つめていた。

「……まさかミラが、そんなに乙女ゲームの出会いイベントをこなしてるとは思わなかったわ」

「ええー？　イベントって言ってもねぇ。みんな偶然だし、その乙女ゲーム自体のスタートは学園生活からなんでしょ？」

「まあ、そうだけどさあ！」

スピカは身を乗り出して立ち上がる。

私はカツサンドをもう一口頬張《ほおば》りながら、今まで会った人たちの顔を思い浮かべた。

「あ、でも。さっきスピカのお兄さんにも会えたから、確かにほとんど会ったことになるねえ」

「すっごい他人事《ひとごと》じゃん……！」

のほほんと話す私に呆《あき》れたのか、興奮して立ち上がっていたスピカはすとんと椅子に座る。

これらの出会いが偶然なのか必然なのか、私には判断がつかない。

元々ゲームに関係ない存在だった私が、そのゲームの外でどんな動きをしていたかなんて誰も知り得ない。考えたって仕方がない。どうせわからないし。

「そんなことより、スピカの話を聞かせてよ。やっぱり、淑女教育……っていうのは大変なの？」

「そんなこと……。まあ、そうね、ミラにとってはそうよね。ふふっ、もったいないいんじゃない？　ヒロイン並みのエンカウント率なのに」

スピカの言っていることがよくわからず、私は首を傾げる。

「エンカウント……？　ああでも流石《さすが》に、王子様と知り合いになってたのはびっくりしたよ。私が不敬罪やらかすかと思って」

「ああ～、例の合言葉ね」

私が遠い目をすると、スピカはケラケラと笑う。

散々スピカを脅《おど》した私が、逆にそんな目に遭《あ》うなんて、お互い思ってもみなかったのだ。

「はあ、ミラってば、相変わらずなんか規格外だわ。王都に来てからあっという間にお好み焼き再現するとか、ほんと神。あの手紙もらってから、食べたくて仕方なかったんだからね」

そう言いながら、スピカはまたお好み焼きを頬張《ほおば》る。

本当に大好きなようで、またフォークが止まらない。

今日来ることを知っていたら、レモンパイやアップルパイも用意したのに。

甘いものも大好きな彼女ならば、きっと喜んでくれただろう。

もしかしたら、彼女が送ったという手紙に、今日来ることが書いてあったのかもしれない。帰ったらレーナさんに確認しよう。

何口かお好み焼きを食べたあと、スピカは思い出したように「あ、そういえば」と顔を上げた。

「ねえ、ミラ。あのときはしっかり見てなかったからわからなかったんだけど、攻略対象者の王子って、ふたりいるじゃない。その王子様って……どっちだったの？」

もぐもぐと口を動かしながら問うスピカに、私は「レオのほうだよ」と答える。

そのあとも、アークツルスさんがお迎えに来るまで、私たちは乙女ゲームの話やご飯の話に花を咲かせて、とても楽しい時間を過ごすことができたのだった。


その日の夜。

公爵家の使用人の寮の一角にある自分の部屋に戻る途中で、私はメイドさんのひとりに呼び止められた。そして、クルト伯爵家からだという手紙を受け取る。

よかった、ちゃんと届いた。レーナさんに聞く前に解決してよかった。

そのときはそう思って受け取ったけれど、部屋に戻ってそれをじっくり見ると、違和感を覚えた。

「……スピカはピンク色の封筒だって言ってなかったっけ？」

ベッドに寝転がりながら手元の封筒を見る。どう見ても白い。

ほのかな桃色なのかと思って明るいところで見てみたけど、やはり白だ。

『ミラからの手紙を受け取って、わたしが返事を書きたいって言ったら、お父様がすぐにレターセットを注文したの。わたしの瞳の色と同じ、可愛いピンクのやつ』

食堂でご飯を食べながらそう教えてくれたスピカは、『お父様って少し暑苦しいのよね』と口では面倒くさそうに言いながらも、表情には喜びが浮かんでいた。

伯爵様がスピカの母を愛していたというのはどうやら本当で、スピカへの溺愛《できあい》具合を聞いていると、彼女のこともちゃんと愛しているらしかった。それがわかって、ますます安心した。

そんなことを思い返しながら便箋《びんせん》を取り出すと、綺麗なピンク色が顔を出す。

手触《てざわ》りのいい、厚めの高級そうな紙だ。

そしてその上には、見慣れたスピカの文字が踊る。少し丸みのある可愛い字。

あのメモに書かれていた日本語の文字も丸めだったから、きっとスピカの前世からの癖なんだろうな。

「『今度食堂に行くので、わたしの好きなもの用意しておいてよね。それと、お兄様も一緒です』かあ」

そう綴《つづ》られていた手紙は、やはり今日彼女が来る前に私に届くはずだったのだろう。

やっぱり商人さんとかを介さないと、時間がかかるものなんだろうか。

なんとなく気になって、右手と左手でそれぞれ封筒と便箋《びんせん》を持ってみる。

見比べてみると、その二つの紙は、紙質も色も、綴《つづ》られている文字も別物だった。


スピカが食堂に来た、翌々日。

今日は公爵家のお手伝いも食堂の仕事もお休みだ。

所用のためにダムマイアー商会の扉をくぐると、そこにはイザルさんがいた。

少し息が切れているように見えるが、どうしたんだろう。

「ミラちゃん、いらっしゃい」

「イザルさん、こんにちは。走ったんですか？」

「え？　いや、まあ、うん。窓からミラちゃんが見えたから、慌《あわ》てて着替えて下りてきたんだよ。俺、まだ寝間着だったからさぁ～」

「ふふ、イザルさんらしいですね」

髪がちょこっとはねているから、本当に寝起きだったのだろう。

イザルさんは朝に弱いようで、宿屋で働いていたときもよく寝坊をしていたことを思い出した。

でも、お父さんもお母さんもそんなイザルさんを怒ることはせず、「遅くまで大変だったな。今日はいいから昼まで寝てろ」と言って、家に帰すこともあった。

雇《やと》い主《ぬし》公認の夜更《よふ》かしって一体なんだろうと、不思議に思ったものだ。

「ミラちゃん、こっちにどうぞ。お茶ももう頼んでるからね～」

私はイザルさんに、来客用の応接スペースらしいところに通される。

私が椅子に腰掛けると、向かいの席にはイザルさんが座った。

それと同時に、制服を着たお姉さんがお茶を二つ持ってきてくれる。

「今日はわざわざどうしたの？　何か欲しいものでもある？」

カタログのようなものを広げながら、イザルさんは私に問う。

商会にひとりで来るのは緊張したが、イザルさんがいてくれたおかげでとても安心した。

そのせいで、思わず頬が緩んでしまう。

「あ、えっと……便箋《びんせん》と封筒を買いたいんです。なので、イザルさんがいてくれてよかったです。スピカから来た手紙に返事を書きたくて……イザルさん、どうかしましたか？」

私の目の前では、何故かイザルさんが固まっていた。どうしたんだろう。

「……ううん、なんでも。ミラちゃんはやっぱり親父さんの娘だなぁって思ってただけだよ。天然というか自然というか……」

「なんですか、それ」

「はは、褒《ほ》め言葉と思っといて！　便箋《びんせん》ね、便箋《びんせん》……。待ってて。サンプル持ってくるから」

なんだか微妙に誤魔化《ごまか》されながら、私はイザルさんから商品についての話を聞くことになった。

予算を告げると、その範囲内でイザルさんがいくつか見繕《みつくろ》ってくれたので、あとはもうこの中から選ぶだけだ。

色もいろいろあって、何色にしようか迷ってしまう。触《さわ》ってみると、どれも紙質がよくて厚めだ。

スピカからもらった封筒は意外と薄《うす》い紙だったから、なんとなく不思議な気もする。

「そういえば、クルト伯爵にレターセットを売ったのもうちなんだよ。えーっと、これこれ、この桃色の封筒と便箋《びんせん》。スピカちゃんにぴったりだよね」

がさがさと箱の中から商品を探り出し、イザルさんはその品をテーブルの上に並べた。

それを目の当《ま》たりにした私は、思わず首を傾げてしまう。

「え……封筒も同じ色でセットなんですか」

私が受け取ったのは、確かに白の封筒だった。それは間違いない。

私が尋ねると、今度はイザルさんが不思議そうにする番だった。

「うん、そうだけど。ちゃんと届いたんだよね？　スピカちゃんの瞳の色だからさ、それがわかってて父さんもこれを売り込んだんだと思うよ。あの人、そういうところは抜け目がないから。たまに変なもん掴まされてるけど。キャベツとか」

「……そう、なんですね」

「本当に、どうかした？」

背筋にぞくりとしたものを感じて、ピンクのレターセットに視線が釘付けになってしまう。

そしてそんな私に、イザルさんは心配そうに声をかけた。

（どういうこと、なんだろう。スピカもイザルさんもピンクの封筒だって言っているのに、私の手元にある封筒は、白くて薄《うす》い。誰かが、すり替えたってこと――？）

なんのために？　でも、中の手紙はスピカの字だった。内容だって、合っている。

私に届く手紙を覗《のぞ》き見て、何か得られることがあるのだろうか。

「……いえ、なんでもありません。えっとそうだなあ、私はこれにしようと思います。スピカに手紙を出すときは、またここに持ってきてもいいですか？」

私はなんとか笑顔を作って、机に並べられた商品の中からひとつを選び、イザルさんに差し出した。うまく誤魔化《ごまか》せたかはわからないが、イザルさんはそれを受け取ると、いつもの笑顔を見せてくれる。

「勿論《もちろん》。ご用命はダムマイアー商会にお任せください。他にも困ったことがあったらなんでも言ってね」

「はい、ありがとうございます」

私がぺこりと頭を下げると、イザルさんは思い出したように言う。

「あ、そういえば、親父さんからの手紙はもう届いた？　俺にはこの前届いたんだけど、やたらとミラちゃんのことを心配する内容が、二枚も三枚も書かれててさ」

「……いえ、まだ来てません。スピカからの手紙も届くまでに随分《ずいぶん》と時間がかかったみたいなので」

そういえば、「すぐに手紙を書くからな！」と言っていたお父さんからの手紙もまだ来ていない。

やはり公爵家ともなると、手紙の検査でもやっていて、その分手元に届くのが遅くなるのだろうか。

そう思ったが、にこにことしていたイザルさんの表情は、一瞬だけ険《けわ》しくなる。

「……ふうん？　そっか。今度から親父さんには、商会に手紙を出してもらうように言うよ。そしたらうちから届けるから。こっちのほうが早そうだ」

「えっ、でもご迷惑じゃ……」

「ぜーんぜん。うちの商会だったらスピカちゃんにも親父さんにも手紙を届けられるし、リタさんとこの食堂にも父さんが毎日のように行ってるからさ」

確かに商会長のオットーさんは、毎日のように食堂に現れては、美味《おい》しい美味《おい》しいと言ってご飯を食べている。

そのついでに届けてもらえるのだったら、そっちのほうが早いかもしれない。

「……公爵家の内部か。盲点だったな」

「？　どうかしましたか」

「ううん、なんでもないよ。ミラちゃんの手紙の件、うちに任せてよ。ね？」

剣呑《けんのん》な雰囲気で何やら呟いたかと思えば、イザルさんはまたからっとした笑顔を私に向けてきた。

小さな町にいたときと変わらないその姿に、少しだけ不安になっていた心が軽くなる。

「ありがとうございます。お言葉に甘えて、是非お願いします。そうだ、イザルさん。イザルさんも食堂に来てくださいね。こんなに近くにいるのに、全然来てくれないじゃないですか。美味《おい》しいもの、たくさん作りますよ」

「……ああ、うん。ありがとう。減給にならない程度に、お邪魔するね……」

イザルさんの笑顔がどこか引きつっている気がして、私は不思議に思う。

この商会では、食堂に行ったくらいで減給になるのだろうか。

毎日のように現れる商会長のオットーさんはもはや無給なのではと心配になる。

商会長だからセーフなのだろうか。

まあ、いいやと思い直して、私は改めてイザルさんに向き合った。

「イザルさん、今日は本当にありがとうございました」

ひらひらと手を振るイザルさんに頭を下げ、商会をあとにする。

メモの件や便箋《びんせん》の件で気になることはあるけれど、新しいレターセットを手に入れた私は、スピカにどんな返事を書こうかとほくほく顔で公爵邸に戻った。


——そしてその日。

部屋に戻った私は、お父さんからだという手紙をメイドさんから受け取った。

内容より先に封筒のことが気になってしまい、封筒と便箋《びんせん》を並べて見比べる。

見慣れたお父さんの字が並ぶ便箋《びんせん》の紙質や色味は、封筒のものとやはりどこか違っていた。

私は、得体の知れない不安が押し寄せてくるのを感じたのだった。

八　それでも

手紙やメモの件で少し気味が悪い思いをしながらも、それ以外には公爵邸での生活に異変はない。

あれから暫《しばら》く経ち、私は普段どおり、屋敷と食堂を行き来する日々を送っている。

今日はリタさんの食堂を手伝う日だ。私が厨房で作業をしていると、イザルさんが駆け込んできた。

「ミラちゃん、今日ってメンチカツとかお好み焼きとか作れるかな？　材料ないなら俺が仕入れてくるけど」

「坊、どうしたんだい。そんなに息を切らして」

リタさんは急に食堂にやってきたイザルさんを、訝《いぶか》しげに眺めている。

坊、というのはイザルさんのことらしい。

「リタさん、その呼び方はもうやめてくれよ。俺はもう成人してるんだから」

「なんだい！　あんたなんていくつになっても、あたしにとっちゃあ坊主《ぼうず》だよ」

リタさんがきっぱり言い切るのを聞いて、イザルさんはため息をついた。

「……もー、わかったよ！　敵《かな》わないなぁ。それで、材料の件なんだけど……」

「材料はあるよ。足りないのは人手だね。坊、あんたが手を貸すってんならいいけど」

「手伝う手伝う！　それとさ、リタさん――」

ふたりが何やら話す横で、私は下ごしらえに取りかかる。

今日はまた、新しく作ってみようと思ったものがあるのだ。

小麦粉と豚ひき肉、ハーブに香草、キャベツを揃えて作業開始。

イザルさんがリタさんにこき使われているのを見つつ、黙々と作業を続けていると、昼前の時点で私の前には白い生地《きじ》が山のように積み上がっていた。

よし、お昼までにたくさん包もう。私は気合いを入れて、その塊《かたまり》に向き合う。

そして昼になり、食堂が開店した。厨房には芳《こう》ばしいにおいが立ち込め、焼き場の特設鉄板からは油が爆《は》ぜる軽快な音と、香りをまとった蒸気がもくもくと上がっている。

オットーさんの厚意で安く買えて、厨房に設置されることになった鉄板は、フライパンよりも機能性が格段に高い。

以前はフライパンをひとつひとつ使っていたが、一度に何枚もお好み焼きが焼けるし、焼きうどんだってたくさん作れる。

「……なんか、懐かしいな、この感じ」

その鉄板の前で、汗を拭《ぬぐ》いながら作業をしているのは、イザルさんだ。

早速《さっそく》焼き場を任されるなんて、流石《さすが》としか言いようがない。私は、彼の言葉に同意する。

「確かに。収穫祭のときのことを思い出しますね」

「だね。あのときは人生最大に肉を焼いたなあ……」

イザルさんは遠い目をしながらも、手元では器用にお好み焼きなどをひっくり返す。

私はその横でフライパンを使い、新作の料理を焼いているところである。こちらの出来もなかなかだ。

「ミラちゃん、坊。お待ちかねのお客さんだよ。上の部屋に案内してるから、その辺の料理を適当に持っていきな。そのまま休憩していいから」

リタさんに言われて、イザルさんはほっと息を吐く。

「やっと来たか～。さあ、ミラちゃん行こう。こっちのお皿を持ってくれる？」

「は、はい」

イザルさんがお手伝いをしていたのは、そのお客様をもてなすためだったらしい。

彼は焼き場を他の従業員に譲り渡すと、焼き上がったお好み焼きやメンチカツなどの料理がのったお皿をたくさん持って、階段へ向かっていく。

上の部屋に通したということは、スピカのときのようにお忍びで来た人なのだろうけど、私とイザルさんの共通のお客さんとは誰だろう。

そう思いながら、私もお皿を持ってイザルさんの後ろをついていった。

「お待たせしました～」

イザルさんが扉を開けて、部屋に入る。

「失礼します……あ！」

彼に倣《なら》って部屋に入った私が見たのは、フード付きの外套《がいとう》を着たレオと、その兄……じゃなくて、護衛のセイさんだった。

部屋に入って料理を並べるなり、イザルさんもすぐにテーブルにつく。

そして、三人は勢いよくご飯を食べ始めた。

私も一緒に座っているけれど、その勢いに圧倒されている。

目の前の料理をぱくりと口に運んだレオは、キラキラした目で私を見た。

「ミラ、この白いものはなんだ？　噛むとじゅっとなって、すごく美味《おい》しいぞ……！」

「それは餃子《ぎょうざ》というんです。カリッと焼くのがポイントです」

「ギョーザ」

レオは私の言った料理名を反復しながら、手元の餃子《ぎょうざ》をじいっと見つめている。

前世の世界では、小麦粉で作った生地《きじ》にお肉や野菜の餡《あん》を包んだ料理はいろいろとあった。

イタリア料理のラビオリもそうだし、ロシア料理のペリメニも。

餃子《ぎょうざ》といえば、本場の中国では水餃子《すいぎょうざ》が主流だと知ったときは驚いたものだ。でも私が作ったこの焼き餃子《ぎょうざ》は、餡《あん》も皮も日本で知ったやり方で作ったから、誰がなんと言おうと餃子《ぎょうざ》なのだ。

レオは餃子《ぎょうざ》が気に入ったらしく、どんどん食べている。

「これがメンチカツですか。かかっているソースもとても美味《おい》しいですね。騎士の宿舎でみんなが話していた、カツサンドに入っていたものではないですか？」

メンチカツに興味を示したのは、セイさんだ。

ざくりざくりと美味《おい》しそうな音を立てて、食べ進めている。

「いやーやっと俺も食べられるよ〜。あのキャベツを救済したお好み焼き！　この上にかかってるソースとマヨネーズも絶妙で旨《うま》い……ミラちゃん流石《さすが》〜」

イザルさんは自分が焼きまくっていたお好み焼きに夢中だ。

前もってここに来ることを示し合わせていたであろう三人の関係が、気になるところではある。

けれど、揃いも揃って美味《おい》しそうにご飯を頬張《ほおば》っているから、私の頬も自然と緩んだ。

（イザルさんって公爵様ともお知り合いだし……一体何者なんだろう）

不思議に思いながらも、料理を自分のお皿に取り分ける。

そして私は、向かいの席ではぐはぐとご飯を食べているレオに視線を向けた。

公爵家のお茶会で会ったときは豪華な服装で、いかにも王子様といった雰囲気だったけれど、こうして変装している姿を見ると、普通の男の子だ。

いや、普通というには髪色は綺麗だし、顔立ちも整っているのだけど。

あのとき約束はしたけれど、社交辞令《しゃこうじれい》だと思っていたから、本当に食堂に来てくれたことにびっくりした。でも、素直に嬉しい。

「……ミラ、どうかした？」

どうやら彼を見すぎていたようで、視線に気付かれてしまった。

レオは眉をへの字にして困ったような表情をしている。私は安心させるために、精一杯の笑みを浮かべる。

「ううん、なんでもないよ。レオが来てくれて嬉しいなって。まさか、本当に来てくれるなんて思わなかったから」

「……っ！　あ、当たり前だろう。約束を守るのは、その……友人だから、当然だ」

身分が違っていても、友人と言ってくれるのが嬉しくて、私は微笑んだ。

「ふふ、うん、そうだね。あ！　そうですね」

「友人なのだから、かしこまらずに話してくれ。それと、これからも食べに来ていいか……？」

慌《あわ》てて敬語に直したことを、レオには見抜かれていたらしい。

少しだけ紅潮《こうちょう》した頬で、そんな風に質問されたら、頷くしかない。

「わかった。じゃあ、そうするね。レオが大変じゃなければ、いつでも来てね。私がいる日だったらいいんだけど……」

「合わせる！　ミラのいる日に、来る……！」

「じゃあ、待ってるね」

思い切って、友だちのような口調で話してみると、レオの表情はぱあぁっと明るくなった。

懸命《けんめい》に言ってくれるレオが微笑ましくて、気分が晴れる。

今度は自然に笑うことができた。親しくなってからまだ日は浅いのに、あの町のことを知っているレオとは、なんだか昔からの友人のような気がしてくる。

みんなでワイワイと食べるご飯は、いつもよりさらに美味《おい》しい。

暫《しばら》くすると、たくさん持ってきたはずの料理はなくなり、お皿はどれも空《から》になっていた。

「じゃあ私、これを下げてお茶のおかわりを持ってきますね」

「あー！　待ってミラちゃん、力仕事は俺らがやるから。ね！」

お皿を下げようとした私を、イザルさんが笑顔で制止する。

そして、その笑顔はセイさんにも向けられていた。

やれやれといった表情を見せたセイさんは徐《おもむろ》に立ち上がり、食器類をまとめて持ち上げる。

「ええ。ではイザル、厨房まで案内を頼みます」

「はいはい、お任せくださいよ～。ミラちゃんたちはのんびりお話でもしててね～」

がちゃがちゃと音を立てながら、忙《せわ》しなくふたりは部屋を出ていく。お客さんなのに、いいのだろうか。

先ほどまでの騒がしさが嘘のように、私とレオだけが残った部屋は、静寂《せいじゃく》に包まれる。

「ミラ、どれも美味《おい》しかった。ようやくここに来られて嬉しい」

そう言って、レオは満面に喜色を湛《たた》える。

その笑みにほっとしながら、私も笑顔を返した。

「よかった。レオたちの食べっぷり、見てるだけで楽しかったよ。おかげで元気が出た」

「──やっぱり、何かあったのか？」

レオの綺麗な瞳が、私を真っすぐに見つめている。

『元気が出た』というのは、思わず口からこぼれてしまった言葉だった。

でも、最初から何か勘づいていたらしいレオを確信させるには、十分だったようだ。

レオはがたりと音を立てて椅子から立ち上がり、血相を変えて駆け寄ってくると、私の両肩を掴む。

「この食堂でトラブルでもあったのか？　まさか、変な客に料理のことで文句を言われているとか……⁉　だとしたら、許せないな……！」

「う、ううん。お客さんはみんないい人たちばっかりだから大丈夫だよ。リタさんもいるし」

たまにガラの悪いお客さんもいるが、そういう人が来たらリタさんはさっさと追い出してしまう。長年やっていればこんなのは朝飯前だと、豪快に笑うのだ。

「そうか……よかった。じゃあ、問題は叔父上《おじうえ》のところか」

『叔父上《おじうえ》のところ』というレオの言葉が核心を突いたものだったため、私は言葉を失った。

私の表情の変化にレオは気付いたらしく、すぐに険《けわ》しい顔になる。

そして、肩にのせられている手に、ぐっと力が籠《こも》るのを感じた。

「ミラ。頼りないかもしれないが……俺でよければ、話を聞かせてもらえないだろうか。力になりたい」

「レオ……」

その真剣な双眸《そうぼう》に、私はこくりと頷く。

得体の知れない奇妙な出来事を、私はずっと誰かに聞いてもらいたかったのかもしれない。

居候《いそうろう》の身でありながら、公爵家でのことを不審に思っているということに、勝手に気後《きおく》れしてしまっていた。

現に、私のことを気にかけてくれている公爵様やアナベル様には、どうしても言えなかった。

「あのね、実は――」

順を追って話そうと、私が口を開いた、そのとき。

「……ごめん、ミラちゃん。その話、俺らも聞いていい？」

がちゃりと音がして扉が開き、片付けを終えて部屋に戻ってきたイザルさんとセイさんが、神妙な面持《おもも》ちでそこに立っていた。

私たちは一瞬だけ固まってしまう。けれど「座って話をしましょう。殿下も落ち着いてくださいね」と冷静に微笑むセイさんに従うことにした。

セイさんの涼《すず》やかな視線を受けたレオは、弾《はじ》かれたように私の肩からその手を離し、少しぎこちない足取りで、そのまま私の隣に座る。心なしか、耳の端が赤いようにも見える。

私たちの向かい側にセイさんとイザルさんも腰掛けた。

「すみません、お嬢さん。盗み聞きするつもりはなかったのですが……聞こえてしまったもので。もしよければ、私たちにも聞かせてもらえないでしょうか」

体勢が整ってからそう口火を切ったのは、穏やかな表情のセイさんだ。

「話しにくいのであれば、私たちは席を外しますが……」

「あ、いえ、大丈夫です！　その、聞いてもらっても、いいでしょうか」

席を立とうとするセイさんを引き留めて、私はこれまで周辺で起きた妙な出来事を、順を追って話す。

なくしたメモのこと、すり替えられたスピカやお父さんからの手紙のこと。

乙女ゲームのことが日本語で書かれているメモについては、流石《さすが》に内容の詳細を明かすことはできなかったため、ぼんやりと『思い出のつまった大事なメモ』とだけ伝える。

スピカから受け取ったものであることも、勿論《もちろん》内緒だ。

「――と、いうわけなんです」

気にかかっている出来事を話し終えると、三人とも険《けわ》しい表情を浮かべていた。

「……手紙のすり替えですか。でも中身はきちんと届いている、と」

「はい。スピカやお父さんの字を見間違うことはないので、中身は本物だと思います。でもどれも、違う封筒に入っているので、誰かが一旦開けているのだと思って……公爵家では手紙の検閲《けんえつ》をしているんでしょうか？」

セイさんに確認されて、私は頷く。そう思うと、今更ながら怖くなってきた。

「それはないと思う。仮に検閲《けんえつ》しているとしても、わざわざ別の封筒に入れ直したりはしないはずだ。そもそも、叔父上《おじうえ》がミラに対してそんな制約をするとは考えづらい」

隣で眉根を寄せているレオからは、そんな言葉が返ってきた。

イザルさんやセイさんも当然のように頷いているため、その線はないようだ。

（――じゃあ、やっぱり誰かが……）

そう考えると、ぶるりと背筋が震える。

誰がなんの目的でそんなことをしているのかわからない。思わず俯《うつむ》いてしまい、手に力が籠《こも》る。

「ミラ、大丈夫だ。俺たちがついてる」

痛いくらいに握りしめていた拳《こぶし》を、レオが両手で優しく包み込んでくれた。

私より、少しだけ大きな手。

その温《ぬく》もりに安心して顔を上げると、三人とも柔らかな笑みを向けてくれていた。

「だーいじょうぶ、ミラちゃん。まずは、その手紙のすり替えをしてるやつが、公爵家の内部の人間なのかどうかをはっきりさせよう！」

「そうですね。かなり可能性は低いですが、手紙が公爵家に渡る前に盗み見られている場合もあります」

明るく提案してくれるイザルさんに、セイさんも頷きながら続ける。

私のことを、こんなにみんなが考えてくれている。それだけでも十分心強い。

「ミラ、言いづらいかもしれないが、公爵家の者の中に、誰か心当たりはいないか」

心配そうに問うレオに対し、私は首を横に振る。

公爵家の皆さんは、最初から友好的で、突然田舎《いなか》から出てきて厨房に入《い》り浸《びた》る私のことを、温かく迎えてくれている。

だからこそ、その中に犯人がいると思いたくなかったのかもしれない。

レオは暫《しば》し思案すると、ゆっくり口を開いた。

「……だったら、一度俺からミラ宛に、わかりやすく目印をつけた手紙を出してみるのはどうだろう。外部の者を使わずに公爵家に手紙を届ければ、犯人がはっきりするんじゃないか」

「レオ様からの手紙……そうですね。その手紙を加工したとなれば、犯人を罰するいい理由にもなりそうです」

レオの発案に、爽《さわ》やかな笑顔で応えたのはセイさんだ。

それを聞いて、イザルさんもにやりと笑う。

「賛成～！　公爵様には、俺から先に伝えておくよ。じゃあ殿下、作戦決行はいつにしましょーか⁉」

「俺が今日城に戻ってから手紙を用意するとして……早いほうがいいだろうな。長引かせても仕方がない」

「どーせなら、いくつかダミーも仕込んでおきましょっか。立派な手紙だけだと、犯人が警戒するかもしれませんし。やるなら徹底的にやりましょう。処罰するための判断材料は多いほうがいいですしね！　あとはそうですね……ちょっとその手紙に、もうひとつ仕掛けをしておきましょう」

てきぱきと話を進める三人は、和《なご》やかな雰囲気ではあるが、言葉の端々は不穏《ふおん》で、その笑顔はどこか仄暗《ほのぐら》い。

その間、私は少しだけ蚊帳《かや》の外にはなったけれど、白熱した様子で今後の計画をまとめていく三人の姿は、元気をくれた。

その後もみんなで話し合い、レオが私に手紙を送る日や、そのあと三人が公爵家にこっそりと忍び込むまでの流れが決まった。

手紙のことで異変を感じたら、すぐにイザルさんに伝えるのが私の役目だ。

話がまとまったところで、イザルさんがパンと手を打った。

「――じゃあ、この作戦でいきましょう！　……あと、殿下。未婚の女の子の手に、そーんなに長い間触《ふ》れてたらダメですよ？　紳士として」

「ばっ!!　ち、違う、これは、ミラが震えていたからで……！」

そういえば、私とレオはずっと手を繫《つな》いだままだった。そのことをイザルさんに指摘されたレオは、顔を真っ赤にして跳《は》ねるように立ち上がる。

左手を包む温《ぬく》もりがなくなって、私はほんの少しだけ、寂しくなる。

けれど、まだメモや手紙の件は解決していないというのに、三人に打ち明けたことで、私は安心した気持ちでいっぱいになったのだった。

数日後、公爵家には私宛に予定どおりレオからの手紙が届いた。

それまでに、イザルさんが記《しる》したいろんな書体や、様々な色の便箋《びんせん》が用いられた手紙も連日のように届けられている。

そのどれもが、私の手に届いたときには、封筒と便箋《びんせん》の紙が違っていた。

「あ、ミラ。今日も手紙が届いてたわよ。最近多いわね」

私が自室に入ろうとすると、フィネさんに呼び止められ、手紙を渡された。

「ありがとうございます。フィネさん」

フィネさんに手渡された手紙を、私はぎゅうっと握り込む。

レオからの手紙は、今日届けられることが事前に決まっていた。

この手紙を受け取るまで、ずっと気がかりで上《うわ》の空《そら》で作業をしていたからか、一緒に厨房でお菓子作りをしていたシルマさんにも心配をかけてしまった。

彼はドミニクさんにまで私のことを相談してくれて、今日はもう早く部屋で休むようにと言われた。私はお言葉に甘えて、作業を中断して部屋に戻ってきたのだ。

フィネさんはにっこり笑って、私に話しかける。

「ところで、今度またここでお茶会があるみたいね。そのときのデザートもミラが作るの？」

「あ……どうなんでしょう。まだわかりません」

「……ふうん。まあ、また故郷の美味《おい》しいお菓子を作ったら、あたしにも食べさせてよね！　じゃあ、おやすみ」

「はい、おやすみなさい」

朗《ほが》らかに笑って立ち去るフィネさんの後ろ姿を、私は手を振りながら見送った。

——うまく、笑えていただろうか。

彼女が部屋に戻るのを見届けてから、私は自室の扉を開く。

灯《あか》りのついていない薄暗い部屋で、私はひとつ大きく息を吐いた。

「……フィネさんが……どうして？」

手紙を持つ手に、自然と力が籠《こも》る。

イザルさんが言っていた『仕掛け』はどうやら無事に発動したようだ。

——だって、そんな〝お茶会〟は、手紙の中にしか存在しない。

改めて手紙を確認すると、その内容は確かにレオから事前に聞いていたものだった。

架空《かくう》のお茶会のことや、お菓子のことが綴《つづ》られている。

そしてその手紙の封筒には、約束した『赤い封蝋《ふうろう》』は、やっぱり押されていなかった。

それから三日後。

「あの、イザルさん。やっぱり、違っていました」

いつもどおり食堂にいた私は、お客さんとしてやってきたイザルさんに料理を振る舞いながら、手紙のことについて報告をする。

イザルさんは眉尻を下げて、気まずそうに頭を掻《か》いた。

「あー……。うん、そっか」

「それで……この三日間、待ってみましたが、お茶会のことで話をしてきた人は、ひとりだけでした」

言葉足らずな表現になってしまったが、それでもイザルさんは私の言いたいことをしっかりと理解してくれたらしい。

普段と変わらず、何事もなかったかのように過ごした三日間だった。

その中で、お茶会について触《ふ》れたのは、フィネさんだけだ。

胸の奥がつきりと痛む。

声を潜《ひそ》めながらそのことを告げると、私の頭の上には、イザルさんの大きな手がのせられた。

「わかった。あとは予定どおり、大人に任せてな」

イザルさんは私の頭をぽふぽふと数度撫でると、目を細めて柔らかく微笑んでくれる。急いで食事を終えた彼は、席を立って店を出る。

見送るためについていった私に気付いて、イザルさんは扉の前で振り返った。

「明日、できればミラちゃんは朝から食堂にいてくれるかな。……いや、そうしてほしい」

イザルさんはそう言って、真剣な顔をした。

いつものように間延《まの》びした明るい口調ではない低めの声は、耳にあまり馴染《なじ》みがない。

「リタさんに話はしてある。ミラちゃんをまた朝市に連れてくって張り切ってたから、楽しんで。そういえばメラクもついていくって言ってたな……。メラクの世話、頼んでいい？」

イザルさんの最後の言い回しは茶目っ気たっぷりで、いつものゆるりとした表情だ。あまり気を遣わないようにしてくれているのだと思って、私もできるだけいつもどおりの笑顔を返す。

「はい！　市場でまた新しい食材を見つけて、美味《おい》しいものを作ります。……なので、終わったら、みんなでご飯を食べに来てくださいね」

「やった！　殿下も喜ぶよ。じゃあ、また明日ね～」

ひらひらと手を振りながら軽やかに去っていく、イザルさんの背中を見つめる。

明日、公爵家で何かが起こる。それは確かなことで。

頭には、公爵家に来て右も左もわからなかった私に優しくしてくれた、隣の部屋の綺麗なお姉さんの笑顔が浮かんでは消えていく。

その日はよく眠れなかった。

◇

「ほい、終わり」

「わあー、シルマありがとう」

その日、シルマは、フィネの部屋に来ていた。今日は屋敷の大掃除があるとのことで、厨房仕事は一時休憩だ。その時間を利用して、以前からフィネに頼まれていた、建て付けが悪い棚《たな》の修理を行《おこな》うことにしたのだ。

問題の棚《たな》は、開戸《ひらきど》の蝶番《ちょうつがい》のネジが緩み、ガタが来ていたらしい。

その部分を手早く修理したシルマは、他の部分にも問題がないか確認する。

「うわっ。なんだ、これ……？」

棚《たな》の小さな引き出しが、なかなか動かない。シルマはそれを、思いっきり引っ張ってみる。

「シルマ、そこはダメ……っ！」

何故だかフィネが慌《あわ》てている。勢いよく引いたその引き出しからは、色とりどりの封筒や、紙が飛び出してきた。

「お前、なんでこんなところに手紙をためてんだよ。ちゃんと整理しないと引き出しが開かないだろ」

シルマはしゃがみ込んで、落ちた封筒を拾い集めるが、近くにいるはずのフィネは、一向に手伝おうとしない。

その不自然さが気になって彼女を見上げると、青い顔をしたフィネが、ぶるぶると震えていた。

「フィネ？　どうしたんだ」

その問いにも、彼女は答えない。怯《おび》えるような顔をして、俯《うつむ》くばかりだ。

フィネが何も答えないため、シルマは手元の封筒に視線を落とす。

「しかしまぁ、こんなにたくさん。誰と手紙のやりとりをしたんだ？　……あれ」

なんとなしに目を通したそこには、フィネの名前ではなく、後輩のミラの名前が記《しる》されていた。

これも。これも。

慌《あわ》てて全ての封筒をかき集めたが、空《から》っぽの封筒に刻まれた宛先は、全てが『ミラ』となっている。

「なんだこれ……。おい、フィネ、どういうことなんだ。なんでミラ宛の手紙の封筒が、お前の部屋にある？」

「そ、それは……っ！」

シルマが問い詰めると、フィネはわぁぁっとその場に泣き崩れてしまった。

わけがわからずに困惑するシルマに、フィネは泣きながらこれまでのことを告げる。

ある日、使用人の部屋の掃除を担当していたフィネは、出来心からミラの部屋を探《さぐ》ってしまった。

全てのきっかけは、公爵邸で開かれたお茶会の日のこと。

たまたま通りかかった部屋から、公爵とドミニクの『ミラは特別な料理人だ』という話が聞こえて、フィネは居ても立ってもいられなくなったのだという。

「……だって、だって……っ！　シルマのほうがずっと前から頑張ってるのに、どうして急に来たあんな小さな子が認められるの？　あの子のレシピが珍しいだけで、同じものを作ったら、シルマのほうがずっと上手だもん！　なんであの子が王家に認められるようなお菓子を作れるのよっ。ミラと直接話しても『故郷の味』とかいって誤魔化《ごまか》してばっかだし！　あんな田舎《いなか》に、そんな料理があるわけないもん！」

床にぺたりと座り込んだフィネは、そう吐き出した。

シルマはそれを聞いて、お茶会のお菓子のことを思い出す。

この国に前例がなく、見た目にも華やかで美味《お》しい『パイ』という菓子。

それをお茶会に来ていた王妃がいたく気に入り、王家へレシピの提供を求めたという話は、公爵家の料理人の間で話題になっていた。

実際に王家に出向いてそのレシピを伝授したのはミラではなく、シルマが師と仰《あお》ぐドミニクだ。

幼い彼女の存在が公《おおやけ》になれば、彼女を利用しようとする貴族に目をつけられる可能性がある。

公爵の判断により、王家へのレシピ提供の件はミラには伝えず、ドミニクが作ったということにしたのだ。

だが、事実を知る料理人たちの間では、既《すで》にミラに一目置く空気が出来上がっている。

パイの評判は、貴族の間にもじわじわと口コミで広がりつつあるという。

彼女という特別な存在は、公爵の命《めい》により、料理人の中での『公然の秘密』となっているのだ。

フィネがしようとしたことに気付き、シルマは声を震わせる。

「まさか……ミラからレシピを盗もうとしたのか」

「っ、そうよ！　結局、ミラの部屋では変なメモくらいしか見つけられなかったから、あとは届く手紙をちょっと見せてもらってただけ！」

「見せて、って……勝手に見たんだろう。どうして、そんなこと……！」

「手紙はちゃんと別の封筒に入れて返したもの！」

だってだって、と泣きじゃくるフィネを見て、シルマはなんとも言えない気持ちになる。

フィネがそんなことをしたのは、シルマのためだという。

彼女の活躍に嫉妬《しっと》して、新入りの彼女がシルマを軽々と追い越していくのが耐えられなかったと。

あまりにも短慮《たんりょ》だ。シルマは、そんなことを望んでいなかった。

純粋に、美味《おい》しい菓子を作れるミラのことを料理人として尊敬していたし、また一緒に何か作りたい、くらいの気持ちだった。嫉妬《しっと》を超越する何かを、ミラから感じていたのだ。

（……メモって、これか？）

かき集めた封筒の中に、一枚だけ紙切れが入っていた。

シルマはそれを、なんとなしに掴み上げる。

すると、その内容が目に飛び込んでくると同時に、割れるような頭痛が彼を襲った。

フィネは気まずそうに顔を俯《うつむ》けて、口を開く。

「……それ、外国語らしくて、何もわからないの。でも、大事にしまってあったから、きっとすごいレシピなんだと思って……調べるために手紙を見たの」

「……がい、こくご……」

「どうしたの、シルマ」

フィネはようやく、メモを見たシルマが固まっているのに気付き、涙を拭《ぬぐ》うと、彼のもとへ近づいた。

シルマはメモを持つ手とは反対の手で、頭を抱える。

彼の顔に苦悶《くもん》の表情が広がり、小さく唸《うな》り声《ごえ》を発する。

せっかく集めた封筒はシルマの手から離れ、ばさりと床に広がってしまった。

「シルマ、シルマ、シルマ⁉　どうしたの？」

ついに膝《ひざ》をついてしまったシルマを見て、フィネは慌《あわ》ててその肩を揺《ゆ》する。

そうしている間にも、シルマの頭にはたくさんの情報が流れ込んでいた。

（これは……『日本語』だ。オレは……）

何故か、シルマにはその文字が読めた。

こんなきっかけがなければ、前世のことなど何も思い出さずに、一生を過ごしていただろう。

だが、日本語を目にしたことで、幸か不幸か、シルマの深い記憶は呼び覚まされてしまった。

――今はとにかく、フィネに話を詳しく聞かなければ。

シルマは混乱しながらも口を開く。

「……最近、手紙を受け取ったのはいつだ？」

「よ、四日前くらい。その、封蝋《ふうろう》の。今度また近いうちに、この屋敷でお茶会があるって、書いてあった」

シルマはそれを聞いて首を傾げる。

「お茶会？　……そんな話、オレは知らないし、厨房でも全く話題になってない。その話を誰かとしたか？」

「そんな⁉　この前みたいな大きなお茶会ならみんな知っていると思って、ミラとも話をしちゃったわ！」

「……っ！」

シルマは目を見開き、改めてその封筒を見る。

フィネに示された封筒には、立派な赤い封蝋《ふうろう》がついていた。

学のないシルマでも、それが特別なものだとわかる。

何故ならそこには、王家の紋章《もんしょう》が刻まれていたから。

ただの手紙なら、ミラに謝ればどうにかなったかもしれない。だが、これはもう、言い逃れはできない。

フィネは物事をあまり考えず、突っ走る節《ふし》がある。だから王家の紋章《もんしょう》にも気付かなかったのだろう。

王族からの手紙を盗んで中身を見る。

想像もつかないが、それはどれだけの大罪なのだろう。

シルマの頭には、最悪のパターンが浮かぶ。

（ミラ、ごめんな。オレのせいだった）

ここ数日、憂鬱《ゆううつ》そうだった後輩の様子を思い返す。

何度も手紙をすり替えたらしいフィネは、このことが露見《ろけん》しないと思っていたのかもしれない。

だが、ミラはきっと、封筒の違和感にも気付いていたはずだ。

さらに、シルマの知らない『お茶会』の話まで、本人にしてしまっている。

きっと――公爵の耳にも入っていることだろう。

あの人がミラを気にかけていることは知っている。『恩人の娘だ』と、話していたことも。

「――っ、いいか、フィネ。お前は、オレの指示でミラの荷物を漁《あさ》って、手紙を盗んだ。全ては、オレがミラのレシピを盗むため……恋人であるお前を利用したんだ。わかったな？」

きっと自分は、すごい顔色をしているだろう。おさまりつつある頭痛に耐えながら、シルマはフィネにそう途切れ途切れに告げた。

「えっ、でも……」

「何を聞かれても、黙っていればいい。むしろ、そうしてくれ」

彼女がなんとか頷いたのを見て、ひとつ大きく息をつく。

きっちりと口裏を合わせたいところだが、この状態の彼女に演技ができるか定かではない。だからせめて、黙っていてほしい。

フィネが単独犯として裁かれるくらいなら、その罪を被《かぶ》ってもいいと思えた。

メイドとして屋敷に勤めるフィネとシルマは、四年前に共に故郷から王都に出てきた。

碌《ろく》な働き口が見つからずにいたところを、たまたま通りかかった公爵に拾われたのだ。

そんな大恩のある公爵を裏切ることになってしまい、胸の奥がつきりと痛む。

見習い料理人とお掃除係として、お互いに四年間真面目に働いてきた。

幼馴染のようだったふたりの関係も、恋仲に進展し、ゆくゆくは結婚しようという話もしていた。

そんなフィネを、見捨てることはできない。

――たとえ、前世の記憶が蘇《よみがえ》った、今であっても。

「ご、ごめ……シルマ、あたし……」

事の重大さに気付いたのか、フィネの顔色は悪い。

シルマは一度目を閉じて深呼吸すると、首元にぶら下げていた御守りがわりの巾着《きんちゃく》に、小さなメモを大切にしまい込んだ。

（……ミラには悪いが、これはオレが預らせてもらおう）

日本語で書かれたそれが、急に前世を思い出した上に、恋人のしたことで混乱しているシルマにとって、心の支えだと思えた。

偶然だが、フィネのしでかしたことを知ることができたのは、よかったのかもしれない。

彼女の罪を、ここで断ち切れるのだから。

「フィネ。早く公爵様のところへ行こう。それで――」

このことを話してしまおう。

許してもらえるとははなから思っていないが、このままでいいわけがない。

意を決したシルマがそう言いかけたとき、唐突に部屋の扉が開かれた。

「――フィネはいるか。話を聞かせてもらおうか」

扉の外には、冷淡な表情の公爵と、黒髪と茶髪のふたりの騎士、そして銀髪の少年が並び立っている。

シルマはとっさに、フィネを庇《かば》うように前に出た。

◇

「ミラちゃん、行こうか。今日は工房巡りでもしてみるかい」

「ええー、ぼく、あまいもの食べながらのんびり歩きたいなあ～」

イザルさんとの約束どおり早朝から食堂に向かった私は、準備も万全のリタさんとメラクに出迎えられた。

公爵家では今、大掃除が行《おこな》われている。

朝食をとるために早朝に使用人が集まる食事処に、公爵様が直々《じきじき》に登場し、そう宣言していた。

ぽかんとした表情を浮かべる一同だったが、屋敷を挙げての大掃除を始めたらしい。

外出するために慌《あわ》てて済ませた朝食は、ほとんど食べられなかった。お腹は空《す》いていたけれど、なんとなく喉《のど》を通らなかったのだ。

「食べ歩き！　いいですね。私、お腹ぺこぺこなんです」

「でしょ!?　ほらほら～、ぼくの言ったとおり」

メラクの意見に賛同すると、彼は満足そうににっこりと笑って、私の手を取る。

「しょうがないねえ。あたしのお気に入りの屋台に案内するよ！　買い物はそのあとだね」

腰に手を当てて嫣然《えんぜん》と微笑むリタさんと共に、私たちは足早に食堂を出た。

リタさんおすすめの軽食は、ピタパンのような薄《うす》いパン生地《きじ》の間にお肉や野菜を挟み、特製のソースをかけたケバブのようなものだった。とても美味《おい》しくてぺろりと食べてしまう。

メラクも口の端や鼻の頭にソースをつけながら楽しそうに二つも食べ、リタさんにごしごしと顔を拭《ぬぐ》われていた。

天気がいいので、外で食べるご飯は解放感があって格別だ。

「ほらほら、さっさと次に行くよ。あたしのおすすめはまだまだあるんだからね」

「わーい。ほら、ミラ。いこう！」

リタさんとメラクに促《うなが》されて、私は歩を進めた。

――今頃、レオたちはどうしているんだろう。

予定では、公爵家に到着した頃だろうか。

そんなことが頭を過《よぎ》ったとき、メラクが私の顔を覗《のぞ》き込《こ》む。

「ミーラ！　よけいなことかんがえないで、いまはごはんたべよ？」

「……うん。そうだね」

「ふたりとも、ちんたらしてたら売り切れるよ！　早くおいで」

私は笑顔のふたりに背を押されるようにして、朝のにぎやかな市場に飛び込んだ。

屋台で食べ歩きをし、食材を仕入れ終えると、私とリタさんはいつもどおり店を開けた。

メラクも一緒に食堂に来て、昼ご飯を食べたあとは帰っていった。

お昼の営業を終え、準備中の札を下げて、暫《しばら》く経った頃。

食堂にレオとセイさんとイザルさん、それと……公爵様がやってきた。

他の従業員は夜の営業準備までの間は休憩しているため、既《すで》にここにはいない。

残っているのは私とリタさんだけだ。

「おや、今日は公爵様も一緒かい。あたしは席を外そうか」

公爵様にも気後《きおく》れすることなく、リタさんはいつもどおりの口調だ。

公爵様は、静かに首を横に振る。

「いえ、リタさんもここにいてください。ミラ嬢も、いいかな」

どこか疲れたような表情の公爵様は、それでも笑顔を作って私を見る。

公爵様の後ろには、いつもとは雰囲気が違う服装のイザルさんとセイさんがいた。あれは、騎士服なのだろうか。

私の視線が、その横にいるレオのそれと交《まじ》わった。青紫の瞳は、心配そうに私を見つめている。

そして、最初はこの四人だけだと思っていたが、セイさんとイザルさんの後ろに、外《がい》套《とう》を目深《まぶか》に被《かぶ》った人物がふたりいることに、ようやく気がついた。

公爵様は私の目の前に来ると、重い口を開く。

「まずは……ミラ嬢。君を守るべき我が屋敷で、このようなことに巻き込んでしまって、本当に申し訳ない。カファルにはとても顔向けできないな」

「……！　そ、そんな、公爵様、私なんかに……」

「いや。屋敷の中で起きていることに気付くことができなかったのは私の責任だ」

深々と頭を下げたあと、公爵様は後ろを向いてセイさんたちに目で合図を送る。

セイさんとイザルさんは、外套《がいとう》の人物をひとりずつ連れて、ゆっくりと公爵様の横に立った。

後ろ手に拘束《こうそく》されているふたりのフードが、ばさりと外される。

「え――？」

そこにいたのは、メイドのフィネさんと……もうひとり。

厨房で一緒にお菓子を作った、シルマさんだった。

「今日の捜索で、フィネの部屋から、すり替えたと思われる空《あ》き封筒が見つかった。王家の封蝋《ふうろう》がついたものも。ミラ嬢との会話から考えて、実行犯はフィネで間違いない」

公爵様が淡々と語るその横で、青い顔をしたフィネさんがびくりと肩を揺《ゆ》らす。

お茶会についての話をした日から、フィネさんがそうであることは覚悟をしていた。

それでも、こうしてその姿を目の当《ま》たりにすると、受け入れられない自分がいる。

私が呆然《ぼうぜん》としている間にも、公爵様は話を続ける。

「――だが、聴取の結果、彼女にそうするように指示をしたのは、シルマだということがわかった。目的はミラ嬢が作るお菓子や料理のレシピ。それを知るために、恋人を使って手紙の内容をチェックしていたということだ」

「そんな……でも、シルマさんはそんなことをするような人じゃ……」

公爵様の発言に、頭を殴られたような衝撃を受ける。

私の口からは、思わずシルマさんを擁護《ようご》するような言葉が飛び出していた。

一緒に何度も料理を作った。歳の近い彼らは、公爵家に来てから一番親しくなった人たちだった。

フィネさんは親切に私にいろいろなことを教えてくれたし、シルマさんはいつも屈託《くったく》のない笑みで、楽しそうにお菓子を作っていた。

そんな人に、そんなふたりに、悪意を向けられていたなんて、信じたくない。

縋《すが》るようにシルマさんに顔を向けると、彼は真っすぐに私を見据《みす》えていた。

「……悪いな、ミラ。これが事実だ。一緒にパイを作った日から……才能のあるお前が妬《ねた》ましくて、そのレシピを盗みたかったんだ。ま、結局手紙を見ても、大した収穫はなかったけどな」

「シルマ！　いい加減にしないか！」

「はいはい、すみませんでした」

公爵様が一喝《いっかつ》しても、シルマさんは悪びれる様子すら見せない。

彼らのやりとりの全てに現実味がなくて、どこかぼんやりしてしまう。

「……このふたりは、解雇して、里に返そうと思っている。実質的には、王都から追放する。二度とミラ嬢に近づくことはない。……それでいいかな、ミラ嬢」

公爵様に問われたけれど、私はなかなか答えることができなかった。

悪意のある誰かが私の手紙を盗み見ていると思うと、怖かった。

でもやっぱり、今までよくしてくれた人たちが裁かれるのは、心が痛い。

「追放なんて……。もう手紙を勝手に開けないでくれれば、それで……」

「いいんだ、ミラ」

私の言葉を遮《さえぎ》ったのは、シルマさんだった。

「王家からの手紙を盗み見たってのに、追放だけで済ませてくれた公爵様には、むしろ感謝してる。オレはフィネと故郷に戻るからさ、お前も元気でやれよな」

シルマさんにいつもと変わらない口調でそう言われて、私は顔を俯《うつむ》けた。

暫《しば》く沈黙が流れたあと、公爵様の声が響く。

「……これ以上シルマとフィネがここにいても、得られるものはないな。ふたりにはこのまま、王都から出てもらう。ミラ嬢、他に聞いておくことはないか？」

公爵様に聞かれて、私はふとメモのことを思い出す。

メモを持っていったのは、ふたりではないのだろうか？

「あの、シルマさん、フィネさん。私、友だちからもらったメモをなくしてしまって……

それは、ご存じないですか？」

フィネさんを見ると、何も言わずにフルフルと首を横に振っている。

シルマさんは、スッと目を細めて口を開いた。

「……さあ、知らないな」

「……そう、ですか。ありがとうございます」

メモは、やっぱり私がなくしてしまったのだろう。

仕方がないと思うけれど、悲しいものは悲しい。

「――イザル、セイ、ふたりを連れていけ。私も見届けよう」

公爵様の指示に従い、イザルさんとセイさんが冷たい表情でふたりの手を引く。

シルマさんとフィネさんは、私にくるりと背を向けた。

「っ、シルマさん！　フィネさん！」

思わず、呼び止めていた。一度歩みを止めたふたりは、ゆっくりとこちらを振り向く。

「……ごめんな、ミラ。オレが言うのもなんだけど、お前の才能はすごいよ。じゃあな」

「っ、ミラ、ごめんね……！」

シルマさんはこの場に似つかわしくない爽《さわ》やかな笑顔を見せ、フィネさんはぼろぼろと涙を流す。

対照的な表情のふたりを連れ、公爵様たちは食堂を出ていく。

そして、ばたりと入り口の扉が閉まった。

静かになった室内で、私は呆然《ぼうぜん》と立《た》ち竦《すく》む。

「ミラ……泣かないで」

ひとり残ったレオにそう言われて、私はぱたぱたと頬を滑《すべ》り落《お》ちる涙に気がついた。

ショックで声は出ないけれど、涙だけがとめどなく溢《あふ》れて、止まらない。

「俺も、早く大人になって、もっと頼りになるように頑張るから。これからミラに、こんな思いをさせなくて済むように」

ふわりと頬に触《ふ》れたのはレオが差し出したハンカチだ。一生懸命《いっしょうけんめい》、私を励《はげ》まそうとしてくれている。

そのハンカチを受け取って、私はそれを目に押し当てた。

前世の記憶に基《もと》づいて好き勝手に料理を作っている以上、こういうことは今後も起こるのかもしれない。

――でも、私はやっぱり、みんなに美味《おい》しいご飯やお菓子を作りたい。

「ありがとう、レオ。私も、頑張るね……！」

私を守ろうとしてくれている人たちのためにも。私は、前に進みたい。

きっと目は真っ赤だと思うけれど、涙を拭《ぬぐ》って顔を上げる。

そこには、私を心配そうに見つめる青紫の瞳があった。

「うん。ミラには、いつも笑顔でいてほしい」

レオの指がゆっくりと伸びてきて、私の目元に触《ふ》れる。

どうやらまだ残っていた涙の粒《つぶ》を、拭《ふ》き取《と》ってくれているらしい。

それがくすぐったくて、一度目を閉じる。

すると、くうぅ、という可愛らしい音が聞こえて、私はぱっと目を見開いた。

目の前にいるレオの顔が真っ赤だ。私に触《ふ》れる指も、ぷるぷると震えている。

「ち、違……！　あの、これは……」

どうやら、彼のお腹の虫の音だったらしい。私は思わず、くすりと笑ってしまった。

「そっか。レオたち、お昼ご飯まだだよね？　今朝《けさ》の市場で、新鮮な野菜と干しエビを買ったから、今日はかき揚《あ》げにしてみたの。そのままでも美味《おい》しいけど、うどんにのっけたら、もっと美味《おい》しいよ！　みんなの分も、急いで用意するね」

「……ああ、うん……すごく美味《おい》しそうだ……ありがとう……」

いつもはうどんに大喜びするレオなのに、今日は声が暗い。私は首を傾げた。

「？　座って待っててね、すぐにできるから！」

項垂《うなだ》れているレオをその場に残して、私は急いで厨房に入る。

ちらりと見えた食堂では、リタさんがレオの肩をばしばしと叩いていた。

あ、リタさんの力が強すぎて、レオがよろけている。

そうだ。嘆《なげ》いている暇はない。ここは食堂で、お腹を空《す》かせた人を、満足させるのが私の仕事だ。

「わ！　いいにおい～。あー俺、腹ぺこだよ～。今日は何かな～……ってか、なんで殿下はこんなにへこんでんの」

イザルさんは食堂に戻ってくると、すっかりいつもの調子に戻っていた。伸びをしたあとに、ぷにぷにとレオのほっぺをつついて、セイさんに怒られている。

このあたりの関係性も、あとで聞いておかないといけない。

「――おまたせしました。かき揚《あ》げうどんです！」

私はお盆にうどんをのせ、レオたちが待つテーブルへ運ぶ。

起こってしまったことは、もう変えることはできないけれど。

それでも、料理やお菓子作りをやめるという選択肢は私にはない。

これからも、美味《おい》しいものを作って、食べてくれた人の喜ぶ笑顔が見たい。
美味《おい》しそうにうどんをすするみんなの姿を見て、私は改めて、そう決意した。

エピローグ

王都に来てから、早くも三年の月日が流れた。

私はここで、十三歳の冬を迎える。

店先の掃除を終えた私が厨房に戻ると、お昼の営業に向けて準備をしていたリタさんは、かじかむ指先をぶんぶんと振っていた。

「はあ～、今日も寒いねえ。こんな日にはまたあれがよく売れそうだ」

「ふふ、そうですね。寒いときは温かいものを食べて体を芯《しん》から温めないと」

あれ、というのはリタさんお手製のビーフシチューだ。

濃厚でコクのあるスープに、よく煮込まれたとろとろのお肉と、ごろごろのお野菜が入っていて、食べれば一気に心も体も満たされる。

早く食べたいなあとニヤニヤしながら、私はリタさんの隣に立って、準備を手伝った。

寒いときの水仕事は辛《つら》い。それはこの世界でも同じことだ。

手を洗って、エプロンをつける。ここに来たときは大きめだったエプロンを、前よりも着こなせるようになった。

肩につくくらいの長さだった髪はすっかり伸びて、今では後ろでポニーテールにしている。

邪魔だから切ろうかと思っていたのだけど、「髪は女の命だよ」とリタさんに言われたので、とりあえずこうして伸ばしてみた。確かに、この国には髪の短い女性は少ない。

この三年間で王都での暮らしにもすっかり慣れ、この下町にも顔見知りが増えた。

公爵家に仮住まいをしながら下町の食堂で料理を作る。その生活は最初の頃と大差ない。

でも、あの事件が起きてから、周囲の環境は少しだけ変わった。

同様にレシピを狙った犯行が起きる可能性を考え、食堂の料理はイザルさんが、新しいお菓子はドミニクさんが考えついたものとすることになった。

実は、レモンパイは既《すで》に、ドミニクさんの考案ということになっていたらしい。ドミニクさんと公爵様に謝られたけれど、私のためにしてくれたことだ。勿論《もちろん》納得して、了承した。

さらに、ダムマイアー商会の商会長であるオットーさんの意見により、王都の一角に『一番星《エステル》』という名のパティスリーが作られ、そこで私考案のスイーツを、市井《しせい》に広めることになった。

それは両親を交《まじ》えて話し合われ、決定したことだ。

（……それにしても、びっくりしたなあ）

話し合いのために公爵家に来た両親と、私はじっくりと話した。

そこで知ったのは、お父さんと公爵様の関係性だ。

なんとお父さんは、公爵様が第二王子として城の離宮にいた際に、その近衛《このえ》騎士として仕《つか》えていたのだという。

王位継承を巡るいろいろな問題があって王都から逃げ出したお父さんは、流れ着いたあの町でお母さんと出会ったらしい。思った以上にドラマチックな両親の馴《な》れ初《そ》めに、度肝を抜かれた。

「そういえば、今日はミラちゃんの友だちが来るんだっけ？」

仕込みの途中で、リタさんが思い出したように顔を上げる。

私も作業をしながら、それに応えるようにそちらを向いた。

「はい。その約束です」

「来たらすぐに上に案内しないとねえ～」

評判が広まったこの食堂には、高貴な人たちがお忍びでちょこちょことやってきては、ご飯を食べていくようになった。

リタさんもそれにすっかり慣れ、今では貴族のお客さんがぐんと増えたのだ。

ただ、みんなお忍びという体《てい》なので、基本的に特別扱いはしない。

部屋だけは一応用意するが、順番待ちも当然発生する。それがこの店のルールなのだ。

一度特別扱いを求めて乗り込んできた貴族が、屈強《くっきょう》な人たちに取り囲まれて店の外にぽいされる事件があってから、それはもうみんな、大人しいものだ。

そしてそのお忍びの人たちの中には、勿論《もちろん》私の友人たちも含まれる。

私の友人が来たときはリタさんがすぐに休憩をさせてくれるので、私も一緒に二階の部屋へと上がらせてもらう。

ちなみに、二年前にこの食堂は増築し、私が初めて来たときに比べて、フロアも厨房も二倍の広さになった。従業員も増えている。店主のリタさんは、相変わらず美しく快活《かいかつ》だ。

「あ、そうだ。ミラちゃんが商会に頼んでた品があったろう？　準備ができたと、昨日オットーが言ってたよ。そろそろ坊あたりが届けに来るだろう」

リタさんが言い終わるかどうかというところで、扉がノックされる。

急いで駆け寄って扉を開けると、イザルさんと弟のメラクが、ふたりでそこに立っていた。

「おはよう、ミラちゃん」

「おはようございます、イザルさん」

「ミラ、おはよー。たのんでくれたやつ、持ってきたよ」

「メラクもおはよう。ありがとう」

三年経って、イザルさんはより大人になった。

以前はツンツンとしていた髪は伸び、今では後ろでひとつ結びにしている。本人曰《いわ》く、切っても伸びるから面倒くさい、らしい。

例の事件のときに明らかになったことだが、イザルさんは実は王家と公爵様のもとで働く諜報員《ちょうほういん》だった。だからレオやセイさんとも面識があるという。

イザルさんがそんなお仕事をしているから、次男であるメラクが商会の後継者なのかと、諸々納得した。

そして、そんなイザルさんの隣に立つメラクは、私より少し背が高くなった。

初めて会ったときは年下かと思ったが、今では年相応に見える。

「えへへ。ごほーび、ちょうだい？」

……と思った矢先、メラクは垂れ目気味のつぶらな碧《みどり》の瞳を、ふにゃりと緩めておねだりする。

その様《さま》を見ていると、やはりどこか幼く感じる。

ふわふわの茶髪は変わりない。ワンコ枠、おそるべし。

「……自分の弟ながら末恐ろしいな」

そんなメラクを見て、イザルさんは私と似たような感想を持ったらしい。呆《あき》れた顔をしている。

ご褒美《ほうび》……何か今渡せるようなものがあっただろうかと考え、ひとつ思いついて笑顔を作る。

「ご褒美《ほうび》になるかはわからないですけど、今日持ってきてもらったものを使って、とびきり美味《おい》しい料理を作りますので、是非あとで食べに来てくださいね」

「やったあ、ミラのごはん、ぼくだいすき！」

「あとでまたメラクと来るよ。ほら、メラク。帰るぞ」

にっこりと頬を緩めるメラクの肩を叩いて、イザルさんは帰路に就《つ》くように促《うなが》す。

けれど、当の本人はわかりやすく不満顔だ。

「ええー。ぼく、もっとミラとおはなししたい……」

「ダメだ。春から学園に行くんだから、勉強しとかないとな」

「うぇ～」

メラクはイザルさんに首根っこを掴まれると、ずるずると引っ張られ、無念そうに去っていった。

そうだ。

この春からついに、例のゲームの学園生活が始まる。

そうしてそこには、勿論《もちろん》攻略対象者であるメラクやレオも入学する。

私よりひとつ年上のアークツルスさんは、もう今年の春から入学していて、スピカはなかなか会えなくなって寂しいと嘆《なげ》いていた。

――そして、最初は想像もしていなかったが、私も春から彼らと同じ学園に通うことになっている。

公爵様やお父さんに背中を押されて決断して、その報告にスピカもレオも喜んでくれた。

初めはどっちでもいいかなと思っていたけど、学園に行けると決まったときはやはり嬉しかった。教育を受けられるというのは、ありがたいことなのだ。

私は平民だけが集まる普通クラスを選択し、のびのびと学園生活を送ることにした。

平民でも成績や家柄次第では特進クラスに所属することは可能だけれど、ほとんどが貴族の子息息女だ。貴族たちと同じ特進クラスだなんて恐れ多すぎる。でもその選択は、あとでスピカにすごく怒られた。

――学園生活が始まるということは、乙女ゲーム的にはついに本番が始まるということ。

もう既《すで》に何人かとは遭遇してしまったが、まだ他にも攻略対象者はいるらしい。

そして、悪役令嬢も。

でも、私は元々ゲームでモブらしいし、わざわざ積極的に関わる気はない。

友人のスピカが、まんまとゲーム展開を信じきって自《みずか》ら破滅《はめつ》の道を選ばなければ、それでいいのだ。

長年の説得により、彼女はお花畑や電波と呼ばれるヒロインではなく、すっかり天真《てんしん》爛漫《らんまん》で、ある意味自由な……ちょっと食いしん坊気味の、年相応の女の子になったから大丈夫だと思うけど。

「――よし、作るか！」

そして私は、気合いを入れて料理に取りかかる。

脳裏《のうり》には、今日訪ねてくる予定の金髪の少女と、銀髪の少年の姿が浮かぶ。

今日の料理も、ふたりは美味《おい》しいと言ってくれるだろうか。

どんなに周囲の環境や生活が変わろうと、私がやることは何も変わらない。
今日も変わらず、美味《おい》しいご飯を作るのだ。

書き下ろし番外編

王家の影と肉うどん

バートリッジ公爵家に仕《つか》える騎士たちの朝は早い。

「ふわ〜〜〜、つっかれた〜〜〜」

熟練騎士から新人まで揃う鍛練場にて。十五歳のイザル・ダムマイアーは休憩時間に入るや否《いな》や、地面に大の字で寝転がった。心地のよい疲労感と解放感で、思わずうとうとと微睡《まどろ》みそうになる。

「イザル、少しいいだろうか」

そんな折、イザルに声がかかった。

「ふへっ⁉　なんでしょうか！」

ここで聞こえるはずのない声に驚き、服についた草をバタバタと払いながら慌《あわ》てて立ち上がる。

そのわたわたとした様子を見ていた目の前の男は、く、と笑みをこぼした。

後ろに撫でつけられた赤茶の髪が風に揺れる。

「驚かせてすまない。私が不躾《ぶしつけ》に声をかけたせいで、せっかくの休憩時間を邪魔してしまったな」

楽しそうに笑うその男は、イザルの主人であり、名をジークハルト・バートリッジという。

隣国との交易が盛んな国の要所である港町、バートリッジ公爵領の若き領主だ。そして彼はこのシュテンメル王国現国王の弟でもある。

いつもは飄々《ひょうひょう》としているイザルも、主人の思いがけない登場に、狼狽してしまった。

勿論《もちろん》、いつもこうして寝っ転がっているわけではない。たまたまだ。うん。

「この鍛練が終わったら、私の執務室に来てほしい。君に頼みたいことがある」

「は、はい……わかりました」

「ではあとで。精進してくれ」

ひらりと手を振って、主人が去っていく。

周りの騎士たちが整然と腰を折る中、イザルはその後ろ姿をぽかんとした表情で見送った。

（なんだろう。オレ、なんかやらかしたのか？　いやでも、それにしては公爵様は穏やかだったし……？）

あれやこれやと考えてみるが、これと言って思い当たる節《ふし》がない。もしくは、思い当たる節《ふし》が多すぎる。

その後、鍛練が再開されたが、正直に言うと全く身が入らなかった。

——イザルは元々、王都の商家の生まれだ。順当にいけばゆくゆくはその後継となる予定だった。

だが、弟のメラクが生まれて三歳になる頃に今の道に進むことを決めた。幼い頃から憧《あこが》れていた、王家の騎士になろうと。

そうして騎士団の門戸を叩いたのだが、同期や先輩に揉《も》まれてメキメキと実力をつけていく中で、彼が配属されたのは『王家の影』と呼ばれる諜報《ちょうほう》部隊だった。適性があると見込まれたらしい。

そこからさらに『影』としての研鑽《けんさん》を積んだ頃、イザルは王弟であるバートリッジ公爵の配下につくことが決まったのである。

当時イザルは十三歳。時を同じくして、騎士仲間の中で最も親しくしていた先輩のシリウス・クラルヴァインは第二王子直属の護衛騎士となった。時折見かける彼がどこか鬱屈そうに見えることは気がかりだったが、イザルも公爵領で忙しくしていたため、詳しい話をすることは叶わなかった。

そして現在、十五の初秋のことだ。

「イザル。君には暫《しばら》くの間、要人の護衛任務を頼みたい。それから、状況についても逐一報告してもらいたい」

約束どおり執務室に着いたイザルは、ジークハルトから早速《さっそく》そんな命令を受けていた。叱責でもなんでもなく、単なる任務であったことにこっそりと胸を撫で下ろしたが、気になるのはその内容だ。

公爵直々《じきじき》の命令。とてつもなく重要であることはわかる。ごくりと唾《つば》を呑んだあと、イザルは慎重に口を開いた。

「――護衛と諜報《ちょうほう》、ですか。一体、どういった方の……？」

公爵の口からどんな要人の名が飛び出てくるのか、とイザルは戦々恐々としていた。護衛としての身のこなしや、潜伏先での諜報《ちょうほう》活動にはそれなりに自信はあるが、それはそれ。ビビったって許してほしい。

「任務先は、アーデン領のグラスターという小さな町。護衛対象はそこの宿屋の娘だ」

落ち着き払った公爵の言葉に、イザルは一瞬、虚《きょ》をつかれたような気になった。

アーデン領といえば、この公爵領から東方に位置する長閑《のどか》な領地。言い換えれば何もない田舎《いなか》だ。

大半が山に囲まれた土地の麓《ふもと》に街道が通っており、そこには確か、旅の休憩拠点となる宿場があったはず。

イザルはとっさにそう頭を働かせる。だが、対象がただの宿屋の娘とはどういうことなのだろうか。一般人すぎやしないか。

(……いや、待てよ。グラスター。どこかで聞いたことがある)

「その宿屋はもしかすると、公爵様が定期調査を行《おこな》っているところですか？　えーっと、『星屑亭』とかいう」

詰め込まれている知識を総動員して、イザルはそう問いかけた。

一瞬だけ驚いた顔をしたジークハルトだが、イザルが自力で辿《たど》り着《つ》いた答えに満足げな笑みを浮かべ、頷く。

「ご明察。よく思い出したな。そうだ、その『星屑亭』の一人娘のミラを、時が満ちるまで守ってほしい」

『星屑亭』。その宿屋の名はイザルも知っていた。

何故なら、公爵家の者が定期的にその町を訪れ、何か問題が起きていないかをジークハルトに報告しているからだ。

『星屑亭』の主人は、かつて第二王子ジークハルトの近衛《このえ》騎士だった。

しかし二十数年前、大規模な政争に巻き込まれて冤罪《えんざい》により地位を追われ、その土地に潜《ひそ》んでいたという。

王家の周辺が落ち着き、その騎士の地位も復権したのだが、彼は王都には戻らなかった。ただ、それからも公爵と元騎士の交流は続いている。直接会うことはなくとも、その定期報告を通じてふたりがやりとりをしていることは、『影』の間で共有されている。

「対象は『星屑亭』の主人ではなく、娘さんのほう……ですか」

その点が意外で、イザルは思わずそう口からこぼしていた。宿屋には八歳になる娘がいる。これまでは、取り立てて話題に上ることもなかった。

ジークハルトは、神妙な表情で頷く。

「ああ。前回の定期報告の中で、カノープス……いや、カファルだったな。そのカファルから、娘について気になる点があると報告があった。リリーの再来かもしれない、と。無論《むろん》違う可能性もあるが、可能性がある以上はそのままにしてはおけない。イザル、君にはその町に常駐してもらいたい」

「は、はい。俺でよければお受けしますが……」

「既《すで》に宿屋のうどんは、これまで以上の評判を呼んでいるようだ。カファルの話を受けて、甥《おい》のレグルスと護衛騎士のシリウスにも、近辺の視察の折にその宿屋に立ち寄るよう指示をしていたが、彼らの報告もまた同じだった。天かすに、焼きうどん。それから、たまごのうどん。急激に新たなうどん料理が生み出されている。更なる話題を呼ぶのも時間の問題だろう」

ジークハルトは手元の書類を眺めながらそうつらつらと述べたあと、ため息をつきながらそれをぱさりと机に置いた。報告書の類《たぐい》なのだろう。

一方のイザルは、急に与えられたたくさんの情報に溺れそうになっていた。

(宿屋の娘に、リリー様に、たまごのうどん……?　んんんちょっと情報が多いな???)

混乱したイザルは少し深呼吸をして、考えをまとめてみる。

リリーというのはこの国の元王女でジークハルトの妹、現在は隣国に嫁いで王妃になっている方だ。その再来とはどういうことなのだろうか。そもそも、たまごのうどんって、何?　たまご?

「すまない、イザル。順を追って説明しよう。ほら、長くなるからそこのソファーに掛けてくれ」

ポーカーフェイスを心がけているイザルだったが、わけがわからなすぎてついつい真顔になってしまっていたらしい。慮《おもんぱか》るようなジークハルトに促《うなが》され、素直にソファーに座る。そこから文字どおり本腰を入れて、状況の説明を受けることになった。

◇

それから数週間が経った頃。イザルは予定どおり、その小さな町に到着した。

「えーっと……あ、あれだな。うわ、外にまで人がいるじゃん」

ちょうど昼食の時間だ。乗合馬車から降りたイザルは、思わずそう口にしていた
旅人として宿屋を訪ね、数日宿泊したのちに雇《やと》い入《い》れられる。それが今回の筋書きだ。

目の前には、二階建ての建物があり、その入り口らしい場所は出入りする人で溢《あふ》れている。

なるほど、『星屑亭』が昼夜問わずにぎわっているという情報は、確実なものであるらしい。周囲の人に倣《なら》って列に並び、ようやく席に案内された頃には、美味《おい》しそうな香りの刺激もあってイザルのお腹もぺこぺこになっていた。

「こんにちは！　お待たせしてごめんなさい。何にしますか？」

ぐったりしたイザルが席についたところで、声がかかる。少し幼いその声の方向を、

ゆっくりと見上げた。

(肩につかないくらいの長さの茶色の髪に、青い瞳。十歳前後。……この子か?)

ニコニコと微笑む少女は、事前に聞いていた特徴に当てはまる。

家業の手伝いをしている、いたって普通の女の子だ。

だけれど、この宿屋の主人もジークハルトも、この少女の類稀《たぐいまれ》なる才能がいずれ何者かに目をつけられ、悪用されることを危惧している。

(おふたりがそう感じたのなら、きっとそれは正しいんだろうなあ)

メニューにざっと目を通しながら、イザルはあの日ジークハルトから受けた説明を思い返していた。

うどん発明の立て役者が、当時の第二王子ジークハルトだということは、この国ではあまりにも有名だ。イザルもそう思っていた。

しかし実は、リリー王女こそが本当の発明者であり、彼女を守るためにジークハルトが矢面に立ったのだという。そして、彼の近衛《このえ》騎士であり無類の料理好きのカファルが、そのサポートをしていたのだと聞いたときは、流石《さすが》のイザルもひっくり返りそうになった。

ソファーに座っていたとはいえ、情報量がやはり多すぎた。

当時その渦中にいた二人が口を揃えて違和感を覚えているというのだから、とにかくこの少女は重要な人物なのだろう。

「あ、えーっと。俺、ぷらぷら旅してるんだけど、ここのうどんが旨《うま》いって聞いて。おすすめのうどんがあったら、それをお願いします」

気を取り直したイザルは、人好きのするような笑みを作って注文した。

たまごのうどんとやらも気になるが、ざっと目を通したところ、どうやらそれは夜のメニューらしかった。残念だ。

「今日は肉うどんの日なので、それをお持ちしますね。では、少々お待ちください」

ぺこりと頭を下げた少女は、厨房のほうへと向かっていく。店内には他にも同じような年頃の子が給仕をしており、人手が足りないのかとても忙しそうにしている。

「ミラ。これを五番テーブルに頼む。マーサ、こっちは八番だ。スピカはそれが終わったら、ちょっと休憩していいぞ」

店内を偵察していたイザルは、厨房から聞こえてきた力強い声のほうを見た。先ほどの少女がその指示に従って配膳《はいぜん》をしている。やはり彼女がミラで間違いないようだ。

（──あ、）

カウンターに顔を出した人物と視線がかち合う。屈強《くっきょう》な体つきのその男こそが、元騎士のカファルなのだろう。

お互いに会うのは初めてのはず。しかし彼は、明らかにイザルを見て、意味深な笑みを浮かべた。

（なるほど……。こんだけ客がいんのに、俺が公爵様から差し向けられたヤツだってわかったのか。すげー……）

イザルはぺこりと会釈をしながら、心の中で感嘆の声をあげた。

周囲にいる客と遜色《そんしょく》ない格好と仕草をして、完璧な旅人に擬態しているつもりだったのだが……

元騎士の店主には、あっさりと見抜かれてしまったらしい。少し……いやかなり悔《くや》しい。

そういえば、ジークハルトがここに定期的に向かわせていた間諜《かんちょう》たちも、本来はカファルと直接接触する予定ではなかったのに、すぐに正体が露見してしまったと言っていた。そこから顔見知りとなった彼らは、郵便屋のような扱いを受けている。侮《あなど》れない店主だ。

例の騒動がなければ、きっと騎士としても大成していたことだろう。

「お待たせしました。肉うどんです。こちらサービスの天かすです。お好みでおかけください」

うどんを運んできたのは、ミラだ。テーブルに置かれたそれからは、湯気が立ちのぼっている。

最初に、器《うつわ》を満たす琥珀色《こはくいろ》のスープと、麺《めん》の上にのった肉の香りが鼻腔《びこう》をくすぐった。加えて、麺《めん》の白と香草の緑といった色のコントラストも美しく、見た目でも食欲が刺激される。

「うわ、旨《うま》そー！　お嬢さん、ありがとう」

イザルは思わずごくりと喉《のど》を鳴らす。

心から礼を言うと、ミラはとても嬉しそうに笑ってお辞儀をしたあと、別の卓へと移動していった。

それを確認して、再度うどんに視線を落とす。

うどんは今ではこの国の国民食だ。イザルもこれまでに何度も食べたことはある。

スープと麺《めん》と、あとはささやかな具材。店によってのっているものは違っても、大体似たり寄ったりの見た目と味だ。

しかし、この天かすというものを見たのは初めてだった。周囲の客の様子を盗み見ると、二杯三杯スプーンですくってうどんにかけている。それがここのセオリーらしい。

「うし、それじゃ……！」

特別なうどんとやらを、食べてやろうじゃないか。

気合いを入れたイザルは、まずスープを一口飲んだ。めちゃくちゃ旨《うま》い。

次に気になるのは、この肉だ。口に運ぶと、柔らかで深みのある少し甘めの味が口中に広がる。その肉を追いかけるように麺《めん》を頬張《ほおば》り、一緒に咀嚼《そしゃく》する。旨《うま》すぎる。

それから天かすのサクサク感と、スープを吸ってぷわぷわになっている食感の両方を楽しみながら、再度スープを飲む。香草のアクセントもまたいい。それでまた、お肉。

麺《めん》。スープ。麺《めん》、麺《めん》……

――そうして夢中で食べ進めているうちに。気付けば器《うつわ》はあっという間に空《から》になっていた。

(うま……！　え、これっておかわりしてもいいのかな。よく味わえなかったような気もするから、もう一回……！)

さっと手を挙げたイザルは、近くにいた金髪の美少女に同じものを注文する。

任務そっちのけでわくわくとおかわりの到着を待っていると、目の前にごつくて太い腕がにょきっと現れた。うどんの器《うつわ》がやけに小さく見える。

「お待たせしました」

「……こん、にちは」

野太い声に顔を上げると、そこには宿屋の主人――カファルの姿があった。主人直々《じきじき》にうどんを運んできてくれたらしい。

驚きながらも恐る恐る挨拶《あいさつ》をするイザルに、カファルは豪快に笑った。

「わはは！　気に入ってくれたみたいだな、お客人！」

「あ、ハイ……旨《うま》いです」

「そうだろそうだろ。俺もそう思う」

「ぐっ……！」

カファルはバシバシとイザルの背中を叩きながら、心の底から嬉しそうにしている。

正直言ってめちゃくちゃ痛い。先ほど食べたうどんがちゅるりと逆流しそうだ。うっ。

「もー、お父さん。やめてよ。お客さん、ごめんなさい。ほらほら、早く厨房に戻って。注文たまってるんだから」

「おう。悪かったな、お客人。じゃ、またあとでな」

その様子を見かねたミラが間に入ると、カファルはあっさり厨房へと戻っていった。

去り際、何か紙切れをテーブルに置いていったのを、イザルはしっかりと目の端で捉《とら》える。

「もー……お父さんったら。お客様、ごゆっくりどうぞ」

ミラがカファルの背中を目で追っている間に、イザルはその紙切れをさっと回収する。

「あ、お嬢さん。おすすめのうどん、本当に旨《うま》かった！　ありがとう」

「本当ですか……！　よかったです」

イザルがそう言うと、ミラは安堵《あんど》と誇らしさがないまぜになったような笑顔を見せた。

食堂では美味《おい》しい食事が提供され、それを食べる客にも一様に笑顔が溢《あふ》れている。

（もしかしたら、さっきのうどんもこの子が作ったのかな。……この子が危険に晒《さら》されるのは……俺も嫌だな）

ここに来るまでは半信半疑だった気持ちも、うどんを一杯食べただけであっという間に覆《くつがえ》ってしまった。

イザルは再び肉うどんを満喫しながら、この宿屋と少女のために、任務をしっかりこなそうと心に決めたのだった。

◇

「イザルです。これからお世話になります」

数日の滞在のあと、イザルは予定どおり『星屑亭』の従業員となった。

表向きは、忙しくなってきた宿屋の手伝い。実際には日中と夜間、宿屋の警備を担当する。

カファルとの形式的な面談を終えたのち、イザルはミラに笑顔で挨拶《あいさつ》をした。

初日、カファルから渡された紙には『今後のことについて打ち合わせをしよう』という言葉と時刻が書かれており、ふたりはその晩、密談をした。

ジークハルトから言付かってきたとおりに、ミラを王都へ移住させることも提案したが、それについては時期尚早だと断られた。

（夜中働くけど、昼までは寝てていいって言われてるし。町の人たちはみんな優しいし、なにより毎日美味《おい》しい賄《まかな》いが食べられる……！）

「ミラちゃんミラちゃん。今日の昼ご飯は何？」

「えーっと……今日は鶏の照り焼きサンドです」

「うわ！　旨《うま》そう!!」

それから毎日こんな調子で、イザルは楽しく過ごしている。

数日後には彼の元に手紙が届き、彼の業務に第二王子レグルスからの命《めい》も追加されることになる。そうなると、ミラの周囲への牽制《けんせい》も忙しくなってくるのだが、そんなことは幸せそうに照り焼きサンドを頬張《ほおば》る現在のイザルは、知る由《よし》もないのだった。

本書は、2020年12月当社より単行本として刊行されたものに書き下ろしを加えて文庫化したものです。


この作品に対する皆様のご意見・ご感想をお待ちしております。

おハガキ・お手紙は以下の宛先にお送りください。

【宛先】

〒150-6008 東京都渋谷区恵比寿4-20-3 恵比寿ガーデンプレイスタワー 8F
（株）アルファポリス　書籍感想係

メールフォームでのご意見・ご感想は右のＱＲコードから、
あるいは以下のワードで検索をかけてください。

アルファポリス　書籍の感想　検索

ご感想はこちらから

レジーナ文庫

モブなのに巻《ま》き込《こ》まれています ～王子《おうじ》の胃袋《いぶくろ》を掴《つか》んだらしい～ 1

ミズメ

2022年4月20日初版発行

文庫編集－斧木悠子・森順子
編集長－倉持真理
発行者－梶本雄介
発行所－株式会社アルファポリス
〒150-6008 東京都渋谷区恵比寿4-20-3 恵比寿ガーデンプレイスタワー8階
TEL 03-6277-1601（営業）　03-6277-1602（編集）
URL https://www.alphapolis.co.jp/
発売元－株式会社星雲社（共同出版社・流通責任出版社）
〒112-0005 東京都文京区水道1-3-30
TEL 03-3868-3275
装丁・本文イラスト－茲近もく
装丁デザイン－AFTERGLOW
（レーベルフォーマットデザイン－ansyyqdesign）
印刷－中央精版印刷株式会社

価格はカバーに表示されてあります。

落丁乱丁の場合はアルファポリスまでご連絡ください。

送料は小社負担でお取り替えします。


ISBN978-4-434-30209-1 C0193